Susanne Weber

LAND UNTER
... BEI SAMUEL

Susanne Weber

LAND UNTER
... BEI SAMUEL

Mit Illustrationen von Susanne Göhlich

HUMMEL
BURG

Bibliografische Information der Deutschen Nationalbibliothek:
Die Deutsche Nationalbibliothek verzeichnet diese Publikation
in der Deutschen Nationalbibliografie.
Detaillierte bibliografische Daten sind im Internet
auf www.dnb.d-nb.de abrufbar.

Für Jonah und Julius

1 2 3 4 5 E D C B A

Originalausgabe
© 2020 Hummelburg Verlag
Imprint der Ravensburger Verlag GmbH
Cover- und Innenillustration: Susanne Göhlich
Typogestaltung: Susanne Göhlich

Alle Rechte dieser Ausgabe vorbehalten durch
Hummelburg Verlag
Imprint der Ravensburger Verlag GmbH
Postfach 2460
88194 Ravensburg

Printed in Germany
ISBN 978-3-473-0014-0

www.hummelburg.de

Inhalt

Eigentlich bin ich lieber der Erzähler einer Geschichte als die Hauptperson. Die meisten Geschichten finden in meinem Kopf statt. Wenn ich der Erzähler bin, kann ich mir die Dinge ausdenken. Und ich kann alles gleichzeitig sein. Jede Figur in meiner eigenen Geschichte. Aber dann bin ich plötzlich doch zur Hauptperson geworden.

Alles fing mit Kiribati an. Was Kiribati ist? Kiribati ist ein Land, und zwar das Land mit der schönsten Flagge in meinem Flaggenatlas. Die Sonne geht im Meer unter, der Himmel ist leuchtend rot und ein gelber Vogel gleitet durch die Luft.

Kiribati hat zwar die schönste Flagge, aber wahrscheinlich gibt es Kiribati bald nicht mehr.

1. Kapitel
Der zerplatzte Traum

„Ich bringe euch aber nur heute mit dem Auto in die Schule, weil's der erste Tag ist." Mein Vater hält vor der Schule und lacht. „Ab morgen fahren wir alle mit dem Rad. Und dann werde ich das Auto verkaufen." Er dreht sich zu uns nach hinten. „Wisst ihr, wo ihr hinmüsst?"

Meine Schwester Kiara und ich nicken. Wir nehmen unsere Rucksäcke und steigen aus. „Tschüs, Papa", murmeln wir. Wobei es bei Kiara eher klingt wie: „Tschüf, Papa."

„Guckt nicht so. Wird bestimmt nicht so schlimm. Hab euch lieb!", ruft er noch aus dem Fenster und winkt. Dann fährt er knatternd davon. Unser Auto ist schon ziemlich alt. Es war früher Opas Auto. Aber das ist auch schon lange her. Es hat keine Klimaanlage, weshalb wir, wenn wir im Sommer an die Ostsee fahren, immer doll schwitzen. Auf dem Hinweg finde ich es nicht so schlimm zu schwitzen, auf dem Rückweg schon. Denn dann ist der Urlaub vorbei. Mein Vater hat gut reden, von wegen, es wird nicht so schlimm. Jetzt ist nicht nur der Urlaub vorbei, sondern die ganzen Sommerferien. Allein das wäre schon schlimm genug. Aber diesmal ist der erste Schultag noch blöder als sonst.

Wir laufen den schmalen Weg an der Turnhalle vorbei zum Schulgebäude.

Ein Junge rempelt mich an, aber dreht sich noch nicht mal um.

Ich bleibe mitten im Gewimmel aus Kindern stehen.

„Ich will nicht in die neue Schule."

„Vorsicht!", ruft ein Mädchen neben Kiara und nietet sie fast mit ihrem Roller um.

„Paff doch felbft auf", murmelt Kiara. Dann nimmt sie ihre Zahnspange angewidert aus dem Mund und steckt sie in ihren Rucksack. „Ich auch nicht."

Sonst freue ich mich wenigstens immer darauf, meine
Freunde wiederzusehen, wenn die Schule losgeht.
Aber wir sind nicht mehr da, wo unsere Freunde sind.
Wenn ich uns an unsere alte Schule teleportieren
könnte, würde ich es sofort tun. Oder noch besser
wäre es, ich könnte unsere alte Schule hierher
teleportieren. Jetzt sofort.
Langsam setzen wir uns wieder in Bewegung und
laufen auf den Eingang zu. Im ersten Stock bleiben
wir stehen. „Ich muss da lang." Meine Schwester zeigt
rechts in den Gang.
„Ich muss da lang." Ich zeige nach links. „Treffen wir
uns nachher und gehen zusammen nach Hause?"

Sie hält ihre Hand hoch und ich schlage ein.

„Was sagt der große Stift zum kleinen?", fragt sie.

„Keine Ahnung", sage ich.

„Wachsmalstift."

Ich lache.

„Tschüs, Sam!", sagt meine Schwester.

Als ich schon ein Stückchen links den Gang runtergelaufen bin, drehe ich mich noch mal um. Kiaras Locken wippen, während sie sich immer weiter entfernt.

2. Kapitel
Inseluntergang

„Wann soll Kiribati eigentlich untergehen?", frage ich
meinen Vater, als er von der Arbeit kommt. Ich sitze
auf dem Sofa und blättere in meinem Flaggenatlas
herum.
„Lass mich doch erst mal in Ruhe ankommen."
Er zieht seine Schuhe aus und hängt die Jacke an die
Garderobe.

„In vierzig bis fünfzig Jahren, vermutet man."

Er schwitzt vom Radfahren. „Ich zieh mich mal kurz
um", sagt er und läuft die Treppe nach oben.

Kiribati liegt im Südpazifik und besteht aus mehreren
Inseln. Das weiß ich auch aus meinem Flaggenatlas.
Dass Kiribati bald untergeht, hat uns mein Vater
erzählt, als klar war, dass er den neuen Job bekommt
und wir umziehen müssen. Er hat uns auch erzählt,
dass die Inseln, die zu Kiribati gehören, alle ganz
flach sind. Kiribati ist sogar das flachste Land der
Erde.

Und das ist ein Problem.

Durch die Erderwärmung schmelzen die Gletscher an
den Polen. Geschmolzene Gletscher bedeuten mehr
Wasser. Und wenn der Wasserspiegel steigt, passiert
das natürlich nicht nur an den Polen, sondern überall
auf der Welt. Denn Wasser verteilt sich. Wenn die
Badewanne überläuft, ist schließlich auch schnell
das ganze Badezimmer nass. Das hab ich danach
gleich mal ausprobiert. Meine Eltern fanden das
nicht so lustig, obwohl ich ihnen gesagt habe,

dass es sich um ein wissenschaftliches Experiment
handelt.

Aber zurück zu Kiribati. Kiribati wird also untergehen.

Wenn mein Vater Kiribati nicht rettet.

Wie mein Vater ein ganzes Land vor dem Untergang
retten soll? Er ist Wissenschaftler, deshalb dachte ich

auch, er würde die Sache im Badezimmer verstehen. Seit Kurzem arbeitet er bei einem Klimaforschungs-institut. Darum sind wir von einem Ende Berlins ans andere gezogen. Die alte Wohnung in Weißensee war eh zu klein, sagen meine Eltern, na ja, und das Badezimmer sah auch nicht mehr so toll aus. Aber ich wollte trotzdem nicht weg von dort. Jetzt haben wir in der Nähe vom Wannsee ein Haus mit einem kleinen Garten und zwei Badezimmern – eins für meine Eltern und eins für meine Schwester und mich. Überschwemmungen darf ich trotzdem nicht mehr machen.

Kiara und ich gehen seit zwei Wochen auf eine neue Schule und mein Vater soll herausfinden, wie man Kiribati vor dem Ertrinken retten kann.

Vielleicht können wir ja wieder zurückziehen, wenn er eine Lösung gefunden hat.

Das hoffe ich sehr.

3. Kapitel
Mal eben kurz die Welt retten

Wie ein Weltretter sieht mein Vater nicht aus, als er mit einer gemütlichen Hose und einem verwaschenen T-Shirt wieder die Treppe hinunter ins Wohnzimmer kommt.

„Und was passiert mit den Menschen auf Kiribati, wenn euch in den nächsten Jahren nichts einfällt, wie man die Inseln retten kann?", frage ich ihn. Was mit uns dann passiert, frage ich mich natürlich auch. Denn dann müssen wir wohl hier am Wannsee wohnen bleiben und mein Vater kann nicht zurück in seinen alten Job.

Er nimmt sich ein Glas Wasser: „Im Moment ist der Plan, dass die Einwohner von Kiribati alle zusammen auf eine der Fidschi-Inseln umziehen. Der ehemalige

Präsident hat dort ein großes Stück Land gekauft. Es wäre das erste Mal, dass die Bewohner eines kompletten Landes umsiedeln müssen."

Wie schrecklich! Das ganze Land soll umziehen? Ohne das Land natürlich. Denn das geht ja unter. Aber die Menschen sollen einfach wegfliegen, wie der gelbe Vogel auf der Flagge? Nur dass sie in Flugzeugen sitzen und dass es dann ein ganzer Schwarm sein wird, der vermutlich die Sonne verdeckt.

„Das war's? Eine andere Idee habt ihr nicht!?"

Mein Vater schüttelt den Kopf. „Na ja, man kann die Welt nicht mal eben in ein paar Wochen retten. Und ein Land auch nicht."

Ich frage mich, was passiert, wenn Kiribati untergeht. Bekommt das Land eine neue Flagge oder wird die Flagge einfach aus allen Atlanten gestrichen? Die Menschen sitzen dann hoffentlich sicher auf der anderen Insel. Aber ... sind sie dort wirklich sicher?

„Und wenn diese ... diese Fidschi-Insel als Nächstes untergeht?", ist logischerweise meine nächste Frage.

Mein Vater kommt zu mir aufs Sofa. „Das passiert nicht so schnell. Die Fidschi-Insel, auf der sie Land gekauft haben, ist viel höher. Dort gibt es Berge. Aber du hast recht, Samuel. Das Problem ist damit nicht gelöst."

„Dann streng dich mal an", sage ich ernst. Das sagt er auch immer zu mir, bevor ich eine Klassenarbeit schreibe.

„Ich versuche es", sagt er. Das antworte ich ihm dann auch meistens.

Na ja, vielleicht braucht er auch noch ein bisschen,
bis er sich an die neue Arbeit gewöhnt hat. Wir
sollen auch Geduld haben, bis wir uns an die neue
Schule gewöhnt haben. Das sagen Mama und Papa
zumindest dauernd. Wie lange man wohl braucht, bis
man sich an eine neue Insel gewöhnt hat?
Manchmal frage ich mich schon, was mein Vater
eigentlich den ganzen Tag an seinem Schreibtisch
macht und wann er endlich eine Lösung finden wird.

4. Kapitel
Fiese Schwester hoch drei, kurz FS³

„Kiara, steh jetzt auf!", ruft meine Mutter. Sie ruft
schon zum zehnten Mal.

„Ich gehe nicht zur Schule!", kreischt Kiara zurück.
„Nicht in DIE Schule!"

Nun kreischt auch meine Mutter. „Doch, du gehst!
Und zwar mit deiner Zahnspange. Sofort! Sonst
kommt Samuel auch zu spät."

Kiara erscheint an ihrer Zimmertür. Sie sieht aus
wie ein Monster. Die lockigen Haare stehen in alle
Richtungen ab. Und ihre Lippen sind geschwollen;
das kommt von der Zahnspange, die sie seit ein paar
Wochen tragen muss.

„Mit dem fahre ich eh nicht mehr zusammen!", zischt
sie. „Ist ja peinlich." Dann verschwindet sie im Bad.

Wie fies! „Dann fahre ich wohl schon mal alleine los",
sage ich und ziehe meine Jacke und meine Schuhe
an. Ich hab zwar auch keine Lust auf Schule, aber
Ärger mit der Lehrerin will ich erst recht nicht haben.
Die kann ganz schön laut werden.

„Tut mir leid, Samuel", murmelt Mama und hebt die
Schultern.

Dann stellt sie sich vor die Badtür. „Ich hab deiner
Lehrerin gesagt, dass du die Zahnspange auch in der
Schule tragen musst. Also mach sie gleich nach dem
Zähneputzen rein."

Ich schnappe mir meinen Rucksack und hole das Rad
aus dem Schuppen.

Kiara ist zur fiesesten Schwester hoch drei geworden.
Von einem Tag auf den anderen. Seit die Schule los-
gegangen ist. Sie hat ständig schlechte Laune und
lässt sie dauernd an mir aus. Eigentlich ist Kiara total
lustig und wir haben uns meistens gut verstanden.
Was ich vor allem vermisse, sind ihre Witze. Sie ist
nämlich die beste Witzeerzählerin, die ich kenne.

Okay, dieser Umzug war echt hart. Aber warum ist sie plötzlich so fies zu mir? Ich wäre auch lieber in Weißensee geblieben. Und meine Freunde Mats und Koschi fehlen mir auch. Die könnte ich gut gebrauchen, wenn Bela aus meiner Klasse mir blöd kommt. Aber ich bin nicht so eine Drama Queen wie meine Schwester. Die behauptet, ohne ihre Freundinnen Lisa und Lena nicht leben zu können. Ihr müsst wissen, dass Berlin so groß ist, dass man nicht mal eben von einem Ende zum anderen fährt, um seine allerallerbeste Freundin zu besuchen.

Meine Mutter sagt jeden Tag, dass in Kiaras neuer Klasse doch bestimmt auch nette Mädchen sind. Aber Kiara meint, dass sie mit ihrer peinlichen Zahnspange sowieso niemand als Freundin haben will. Und mit so einem peinlichen kleinen Bruder erst recht nicht. Voll gemein. Sie tut so, als ob ich daran schuld wäre, dass wir umgezogen sind. Dabei ist Kiribati schuld.

5. Kapitel
Erfindergedanken

Ich finde, so eine Zahnspange ist eigentlich eine ziemlich geniale Erfindung. Während man schläft oder in der Schule sitzt und sich langweilt, werden die Zähne immer ein minikleines Stückchen weiter dahin gedrückt, wo sie hinsollen. Das Gemeine ist natürlich, dass man mit so einem Ding im Mund etwas komisch spricht. Ich glaube, bei Kiara ist es besonders schlimm. Die muss an ihrer Aussprache echt noch ein bisschen arbeiten.

Dinge wie Zahnspangen interessieren mich. Apparaturen, die irgendwelche Probleme lösen. Ich bin nämlich selbst Erfinder. Und darum geht mir die Sache mit Kiribati auch nicht aus dem Kopf. In meinem Kopf passiert sowieso total viel. Während ich in die Pedale trete, denke ich nach. Und als ich links von mir den Wannsee sehe, kommt mir eine Idee. Wenn es nicht mehr aufhört zu regnen, läuft der Wannsee irgendwann über. Wenn ich den Abfluss in der Badewanne verstopfe, läuft die Badewanne auch irgendwann über. Das habe ich ausprobiert. Aber die Badewanne hat immerhin einen Stöpsel, wo man das Wasser wieder ablaufen lassen kann. Wäre unten am Meeresboden auch ein Stöpsel, wäre die Sache doch eigentlich ganz einfach. Man könnte ihn ziehen und das Wasser des Pazifiks würde ablaufen.

Das muss ich in der Schule unbedingt sofort aufzeichnen und später meinem Vater zeigen. Schule. Jetzt wird mir mulmig im Magen. Wenn nur dieser blöde Bela in seinem bekloppten T-Rex-Sweatshirt nicht wäre. Gleich am ersten Tag kam er in der großen Pause zu mir. Ich soll mich bloß nicht aufspielen, weil ich neu bin. Dann hat er sein breites Maul aufgerissen, böse geknurrt und mir gegen das Schienbein getreten. Mensch, tat das weh! Wie bescheuert ist der denn?

Und was hab ich ihm überhaupt getan?

Jetzt bremse ich vor dem Schultor. Von überall
her strömen Schüler herbei, zu Fuß, mit Rollern,
Fahrrädern und Autos. Quietschend hält ein dicker
SUV neben mir. Ausgerechnet Bela steigt aus. Er hat
schon wieder seinen T-Rex-Pulli an. Und sieht noch
grimmiger aus als der Dino auf seiner Brust.
Ich beeile mich. Zum Glück hat er mich nicht
gesehen. Noch nicht ...

6. Kapitel
Tyrannosaurus schulhofus

In der ersten Stunde bin ich mit der Stöpsel-Idee
beschäftigt. Ich zeichne und zeichne. Dabei verstecke ich mich hinter meinen braunen Haaren. Die
gehen mir ungefähr bis zur Nasenspitze. Und wenn
ich meinen Kopf nach unten beuge, hängen sie wie
ein Vorhang vor meinem Gesicht.
„Das ist ja unpraktisch mit deinen Haaren", hat Frau
Leise am ersten Schultag zu mir gesagt. Ich finde es
sehr praktisch. Ponys sind was für Mädchen. Oder für
Cowboys. Dabei fällt mir ein Witz ein, den Kiara
erzählt hat: Geht ein Cowboy zum Friseur. Kommt er
wieder raus ... Pony weg!
Mir fällt noch eine andere Erfindung ein, an der ich in
der zweiten Stunde unbedingt weiterarbeiten muss.

Ich tüftle gerade an einer Maschine, die mich beim
Ertönen der Pausenklingel in einen Dino verwandelt.
Und zwar nicht in irgendeinen Dinosaurier, sondern in
Siats meekerorum, den gefährlichsten Dino aller
Zeiten. Er gehört zur Gruppe der Carcharodonto-
saurier. Das bedeutet übersetzt Haifischzahnechsen.
Falls ihr jetzt denkt, den hab ich mir nur ausgedacht:
Stimmt nicht, Siats meekerorum gab es wirklich, nur
weiß das komischerweise niemand. Vielleicht wurden
die meisten Bücher über Dinosaurier geschrieben,
bevor die Knochen des Siats bei einer Expedition in
Utah in den USA gefunden wurden. Das war kurz
bevor ich geboren wurde. Ich, Samuel Lichtenberg, und der Siats erblickten
also ungefähr gleich-

zeitig das Licht der Welt. Wenn uns das nicht verbindet! Da sollte eine Umwandlung der Materie doch wohl irgendwie möglich sein!

Gegen den Siats war der Tyrannosaurus Rex eine Witzfigur.

„Samuel, auch du musst runter in die Hofpause", unterbricht mich Frau Leise. „Außerdem sollst du im Unterricht aufpassen und nicht immer malen."

„Ich male nicht, ich erfinde", murmle ich. Damit es keinen Ärger mit Frau Leise gibt, schiebe ich das Blatt schnell unter mein Heft und stehe auf. Da meine Maschine noch nicht fertig ist, muss ich leider in meiner menschlichen Form runter auf den Pausenhof.

Pause zu haben, ist echt kein Spaß. Ich bin die ganze Zeit nur damit beschäftigt, Bela irgendwie aus dem Weg zu gehen. Im Klassenraum traut er sich nicht, mir eins auf die Mütze zu geben oder mich zu treten.

Er weiß, dass Frau Leise mich im Blick hat, weil ich neu in der Klasse bin. Aber auf dem Hof bin ich Freiwild. Ich schleiche die Treppe hinunter, drücke die schwere Tür zum Pausenhof auf und sehe ihn sofort. Bela spielt nie. Er steht einfach nur rum und verbreitet schlechte Laune oder sucht jemanden, den er tyrannisieren kann. **Tyrannosaurus schulhofus** wäre der passende Name für ihn.

Ich muss mich beeilen mit meinem Dino-Verwandler. Mir ist nur nicht ganz klar, ob ich meine Materie tatsächlich verändern kann oder ob als Grundlage eine Zeitreisemaschine besser wäre.

Weil ich nicht weiß, wohin, gehe ich zu meiner Schwester. Sie steht neben ein paar Mädchen aus ihrer Klasse.

„Na, du Scheifer, waf wilft du?", unterbricht FS[3] meine Erfindergedanken. Na toll, da kann ich mich ja gleich neben Bela stellen.

„Du bist echt fies!" Ich verziehe mich in eine andere Ecke des Schulhofs. Hier steht der Schuppen des Hausmeisters. Sonst ist nicht viel los. Ich hebe einen

Zweig auf und zeichne Skizzen für meinen Dino-
Verwandler auf die Erde.

„Na, machste hier die Gartengestaltung? Ich weiß,
dass der Schulhof keine Schönheit is'." Der Hausmeister! Kann man denn nirgendwo seine Ruhe
haben?

Kurz drehe ich meinen Kopf zu ihm um. „Ich mache
keine Gartengestaltung, ich erfinde. Das sind meine
Skizzen." Dann zeichne ich weiter.

„Interessant! Was wird 'n das?", fragt er nach.
Erstaunt schaue ich noch einmal hoch. Interessiert
er sich wirklich dafür? „Kennen Sie den Siats?"

„Klar kenn ich den. Das war 'n richtich gefährlicher
Dinosaurier. Ich bin übrigens Komischke. Und du?
Bist noch nich' lange hier, wa'?" Er reicht mir die
Hand.

„Samuel", sage ich und schüttle seine raue Hand.
Er hat einen festen, warmen Griff. Seine Nase ist
ziemlich groß und seine Augenbrauen dunkel und
buschig, aber er sieht sehr nett aus. „Zwei Wochen."
„Welche Klasse?"

„4a."

„Aha. Schon Ärger gehabt?" Er deutet vorsichtig in Richtung Bela, der ein paar Meter weiter steht und grimmig guckt.

Ich nicke genauso vorsichtig.

„Na denn: Herzlich willkommen, du Erfinder!"

7. Kapitel
Flickzeug und andere praktische Erfindungen

Die große Pause heute war super. Zum ersten Mal hab ich mir nicht gewünscht, dass sie möglichst schnell vorbei ist. Komischke ist echt cool. Nachdem ich ihm meine Ideen für den Dino-Verwandler gezeigt habe, hab ich ihm von Kiribati erzählt. Er hatte noch nie von den Inseln gehört.

Als die Pause zu Ende war, hat Bela mich im Treppenhaus angerempelt. „Na, brauchste Papi-Ersatz?", hat er mir zugezischt und die Zähne gefletscht. Wenn ich mich erst mal in einen Siats verwandeln kann, weiß ich schon, wer nach seinem Papi ruft. Der hilft ihm dann aber auch nicht mehr weiter. Bis dahin muss ich wohl in Deckung gehen.

Denn in meiner menschlichen Form habe ich gegen ihn keine Chance, das ist leider klar.

Ich weiß nicht, ob Bela heute zwei Liter Cola zum Frühstück getrunken hat, auf jeden Fall rennt er dauernd zum Klo. Als ich mich in der vierten Stunde melde, weil ich auch mal muss, flippt Frau Leise aus. „Nicht schon wieder!"

„Ich war doch heute noch gar nicht auf dem Klo", sage ich vorsichtig.

„Ja? Es kommt mir vor, als würdet ihr alle ständig aufs Klo gehen. Diese Spülung ist so laut. Schrecklich!", ruft sie.

Frau Leise kann auch echt laut werden. Lauter als die Klospülung, finde ich. Okay, es stimmt schon, dass man das Wasserrauschen bis zu uns ins Klassenzimmer hört. Die Toiletten sind direkt gegenüber. Was praktisch ist, weil man dann bis zur allerletzten Sekunde warten kann. Und kurz bevor die Blase platzt, rennt man los. Blöd nur, wenn man dann nicht losrennen darf.

In Gedanken erfinde ich ein mobiles Luftklo, einen Pipi-Absauger und eine Verdunstungsmaschine für Pipi – ob es dann auch Pipi aus Pipi-Wolken regnet, weiß ich noch nicht, weil ich vor lauter Pipi-machen-Müssen irgendwann nicht mehr denken kann.

„Frau Leise", sage ich leise. „Also ich muss wirklich sehr dringend aufs Klo."

„Dann geh!", ruft sie. Vorsichtshalber hält sie sich schon mal die Ohren zu. Sie ist echt ziemlich empfindlich. Alles um sie herum muss ruhig sein. Ich könnte sie mir eher in einem Museum vorstellen oder als Bibliothekarin. Mit strengem Blick könnte sie dort dafür sorgen, dass es schön leise ist. In einer Schule ist das schwer.

Die Spülungen sind tatsächlich laut, vielleicht kann ich darüber mal mit dem Hausmeister reden. Irgendwas muss man doch dagegen tun können.

Als ich zurückkomme, sehe ich Bela sofort an, dass er auch muss. Aber er traut sich nicht zu gehen. Er war ja nun heute auch wirklich schon oft auf dem Klo. Der Tyrannosaurus verknotet die Beine und sieht noch grimmiger aus als sonst. Und ich lehne mich entspannt zurück.

Am Nachmittag warte ich bei den Fahrradständern auf FS³. Als sie beim Eingang auftaucht, sehe ich schon, dass sie schlechte Laune hat. Sie läuft einfach an mir vorbei.

„Kiara?", sage ich.

„Waf?"

Sie funkelt mich so böse an, dass ich mich lieber meinem Fahrrad zuwende.

Das ist allerdings auch nicht besser. Mein Hinterrad ist nämlich platt. Es sind richtige Löcher im Reifen. Da hat mir jemand reingestochen. Wie fies! Das ist noch gemeiner als Kiaras Rumgezicke. Bestimmt war das Bela mit seinen Tyranno-Krallen. Aber warum? Weil ich aufs Klo gegangen bin und er sich fast in die Hose gemacht hat?

„Alles klar?"

„Nee, gar nichts ist klar." Ich zeige dem Hausmeister den aufgeritzten Reifen.

„Dafür gibt's 'ne super Erfindung. Flickzeug. Ich helf dir. Aber du musst dir in den nächsten Tagen 'nen neuen Mantel kaufen, der is hinüber."

Komischke holt einen Werkzeugkasten, in dem das Flickzeug steckt. „Haste 'ne Ahnung, wer das gewesen sein könnte?"

Ich nicke.

„Und haste auch 'ne Ahnung, warum?"

„Der eine aus meiner Klasse ist immer so fies zu mir. Ich weiß aber nicht, warum. Ich hab ihm nichts getan. Heute ging's um die Klos. Frau Leise ist immer total genervt, weil die Klospülung so laut ist. Kann man da nicht was machen? Ich hätte schon eine Idee ..."

Komischke grinst mich an. „Dann lass ma' hören, Kollege. Bei mir kam sie nämlich auch schon an ..."

8. Kapitel
Klos und Klimaerwärmung

Als ich auf dem Nachhauseweg mit meinem geflickten Rad am Wannsee vorbeikomme, muss ich wieder an Kiribati und den Stöpsel am Meeresboden denken. Ich fahre über einen Gullideckel. Okay, wir haben hier eine Kanalisation, geht es mir durch den Kopf. Leitungen, durch die das Wasser abläuft. Doch wo sollte das Wasser hin, wenn man einen Stöpsel am Meeresboden ziehen würde?

Am besten wäre es, man könnte das Wasser umleiten. Dahin, wo es fehlt.

Aber auch dafür bräuchte man Leitungen. Oder geht das auch irgendwie anders? Regen entsteht durch verdunstetes Wasser. Vielleicht müsste man eine Maschine erfinden, die die Regenwolken wegtransportiert. Die könnte ich dann gleich auch für meinen Pipi-Verdunster nutzen.

Zu Hause setze ich mich sofort an meinen Schreibtisch, nehme mein Erfinderheft und zeichne meine Ideen auf. FS³ ist in ihrem Zimmer und lässt sich den ganzen Nachmittag nicht blicken.

Wenigstens kommt Papa heute früh von der Arbeit nach Hause. Ich erzähle ihm von meiner Idee mit dem Wolkenverschieber und zeige ihm auch meine Zeichnungen.

„Das wäre eine tolle Erfindung", sagt er. „Aber weißt du, in Kiribati ist nicht das Wasser von oben, also der Regen, das Problem. Sondern das Meer. Es steigt nicht nur immer weiter an, auch die Gefahr von Tsunamis wird immer größer. Weißt du, was ein Tsunami ist?"

„Eine Riesenwelle?"

„Genau", sagt mein Vater. „Die entstehen durch Erdbeben und die Verschiebung von Erdplatten. Durch den Klimawandel werden sie verstärkt."

Ich überlege. „Könnte man die Inseln nicht auf Stelzen stellen?"

„Man könnte höchstens die Häuser auf Stelzen stellen, aber das würde auch nur für ein paar Jahre helfen. Alles andere würde trotzdem überschwemmt werden."

Er zeigt mir im Internet ein Foto von einem überschwemmten Friedhof. Und von Autowracks und ganzen Straßen, die unter Wasser stehen.

„Boah, sieht das gruselig aus!", sage ich. Auf einem anderen Foto ist ganz viel Müll zu sehen. „Wieso ist es da so dreckig?", frage ich.

Mein Vater seufzt. „Kiribati hat noch ein zweites Problem. Es erstickt im Müll. Es gibt dort keine Müllabfuhr, keine Recyclinghöfe und keine Müllverbrennungsanlangen. Und viele Häuser haben noch nicht mal Toiletten."

Ich schlucke. „Und wo machen die Leute dann hin?"

„Hinters Haus", sagt mein Vater. „Oder an den Strand."

„Uaaah!" Ich schüttle mich. Die haben kein Problem

mit zu lauten Klospülungen, die haben gar keine
Klospülung. Und noch nicht mal Klos.

Das muss ich unbedingt irgendwann Frau Leise
erzählen. Wenn Komischke und ich die Sache mit der
lauten Spülung geregelt haben und sie hoffentlich
etwas entspannter ist.

Dabei fällt mir die Sache mit Bela und dem platten
Reifen wieder ein. Ich erzähle Papa davon.

„Wie gemein von ihm! Blöder Typ. Zum Glück hat dir
der Hausmeister geholfen. Manchmal kriegt man
Sachen ab, mit denen man nichts zu tun hat. Das
Leben kann sehr ungerecht sein. So geht es den
Menschen auf Kiribati auch."

„Wieso?", frage ich. „Weil sie keine Klos haben?"

Mein Vater lacht kurz. „Das meine ich jetzt gar nicht. Ich meine die Klimaerwärmung und dass ihre Inseln untergehen. Dafür können sie ja nichts. Daran ist die ganze Welt schuld. Und sie müssen es ausbaden, im wahrsten Sinne des Wortes."

„Wodurch entsteht denn die Klimaerwärmung?"

So richtig habe ich das nämlich noch nicht kapiert.

„Vor allem sind die Treibhausgase schuld, die pusten die reichen Länder mit ihren Fabriken, Autos, Flugzeugen und auch mit Viehzucht in die Luft. Wälder können Treibhausgase abbauen, aber die Menschen holzen immer mehr Wald ab. Das Gleichgewicht stimmt nicht mehr."

„Und wieso wird es wärmer?"

„Treibhausgase heißen so, weil sie so ähnlich funktionieren wie das Glas eines Gewächshauses. Die Sonnenstrahlen gehen durch sie hindurch. Sie lassen die Wärme aber nicht wieder raus. Deshalb steigt die Temperatur."

„Aha." Das wusste ich noch nicht.

„Wo ist eigentlich Kiara?", fragt mein Vater.

„In ihrem Zimmer." Ich seufze. „Die ist im Moment
auch ziemlich ungerecht und fies. Sehr fies sogar."
Mein Vater legt einen Arm um mich. „Ich weiß. Sie hat
es gerade nicht leicht mit der neuen Zahnspange.
Und ihr fehlen ihre Freundinnen. Aber das solltest du
nicht ausbaden. Ich red mal mit ihr. Wie ist es bei
dir? Gibt's nette Jungs in deiner Klasse?"
„Hmm", mache ich. „Ich weiß nicht. Bela ist auf jeden
Fall nicht nett."
„Du findest bestimmt bald Freunde. Es braucht halt
etwas Zeit", sagt mein Vater und streicht mir die
Haare aus dem Gesicht.
„So wie bei deiner Arbeit?" Ich lache.

9. Kapitel
Erfinderisch einkaufen

Papa und ich wollen Spaghetti bolognese kochen,
aber das Tomatenmark ist alle, deshalb fahre ich
schnell mit dem Rad zum nächsten Supermarkt.
Mama ist heute Abend unterwegs und meine fiese
Schwester hat ihre Nase immer noch nicht aus ihrem
Zimmer gesteckt. Ich fahre bis zur großen Straße
vor. In Weißensee war alles gleich um die Ecke, hier ist
alles etwas weiter weg, aber dafür hat man auch ein
bisschen mehr Platz. Ich weiß noch nicht so richtig,
was ich besser finde. Irgendwie fühlt sich hier alles
immer noch so fremd an.
Ich schließe mein Rad ab und gehe durch die
Schiebetüren in den Supermarkt. Suchend blicke ich
mich um. Wo ist denn nun das Tomatenmark?

Ah, hier sind die Tomatendosen, aber kein Tomatenmark daneben. Ich suche und suche und finde es
nicht.

Also halte ich nach jemandem Ausschau, den ich
fragen kann, aber auch das ist nicht leicht. Stattdessen entdecke ich Einkaufswagen mit Lupen dran,
aber ich kann mir nicht so richtig vorstellen, dass
man die Sachen damit besser findet. Man bräuchte
eine Sprechvorrichtung am Griff des Einkaufwagens,
in die man hineinsagen kann: „Wo ist das Tomatenmark?" Und der Wagen leitet einen dann dorthin.
Besonders die Omis, die nicht mehr so gut laufen
können, wären doch bestimmt dankbar dafür und
würden nur noch in diesem Supermarkt einkaufen.
Eine super Geschäftsidee!

Endlich finde ich jemanden, der gerade Regale ein-
räumt.

„Entschuldigung, wo ist denn das Tomatenmark?"

„Im dritten Gang links bei den Gewürzen."

Ich gehe in den dritten Gang und sehe auf der linken
Seite tatsächlich die Tomatenmarktuben. Nur stehen
die ganz weit oben, über den Tiefkühltruhen, und ich
komme nicht ran. Na toll! Ich recke und strecke mich,
aber es klappt einfach nicht.

„Das wird nichts", sagt jemand hinter mir. Ich drehe
mich um und sehe Hannes aus meiner Klasse.

„Kommst du da ran?", frage ich und zeige auf das
Tomatenmark.

Doch auch Hannes ist zu klein. Aber wenigstens hat
er einen Korb dabei.

„Darf ich mal?", sage ich. Mit fragendem Blick reicht
er mir seinen Korb und ich nehme die
Spaghetti und die Tomatendose
heraus, die schon darin liegen.
Dann drehe ich den Korb um
und steige darauf.

„Coole Idee", sagt Hannes anerkennend.

Mit dem Tomatenmark in der Hand gebe ich ihm den Korb zurück. „Danke."

„Fürs Abendessen?", fragt er.

„Genau. Bei dir auch?"

Er nickt.

Wir stellen uns zusammen an der Kasse an und ich erzähle ihm von meiner Einkaufswagenidee. Hannes findet sie super.

„Vielleicht könnte man auch gleich am Anfang die ganze Einkaufsliste einscannen und der Wagen führt einen dann nach und nach durch den Supermarkt zu den Sachen", spinnt er meine Idee weiter.

Noch besser! Wobei alte Leute manchmal so komisch schreiben, dass es keiner lesen kann. Wir quatschen noch ein bisschen bei den Fahrradständern über unseren Hightech-Einkaufswagen, aber dann knurrt mein Magen so laut, dass ich schnell auf mein Rad steige.

„Bis morgen!", rufe ich Hannes zu.

„Tschüs", sagt er.

10. Kapitel
Müllsammeln für den Frieden

Während ich am nächsten Morgen mein Fahrrad in den Ständer schiebe, sehe ich, dass Hannes, Ömer und Bela laut schimpfend Müll auf dem Schulhof einsammeln.

„Was macht ihr denn da?", frage ich Hannes.

„Der Hausmeister hat sich total aufgeregt, weil hier überall Müll verstreut war", erzählt er.

Ömer tritt neben ihn. „Er hat uns dazu verdonnert, den Müll wegzuräumen, dabei haben wir gar nichts damit zu tun."

„Irgendein Depp hat den Mülleimer umgestoßen. Wir auf jeden Fall nicht." Bela kommt dazu und tritt wütend gegen die Tonne. Sie wackelt. Für Bela tut es mir überhaupt nicht leid, dass er Müllsammeln muss.

Das hat er verdient, finde ich. Aber Hannes war gestern echt nett. Und Ömer ist auch okay.

Ich hebe ein Trinkpäckchen vom Boden auf. „Ist ja gemein. Ich helf euch. Dann geht's schneller." Wir sammeln vor allem Verpackungen ein. Von Schokoriegeln, anderen Süßigkeiten und Getränken. Die Taschentücher heben wir mit einer langen Zange auf. Das macht sogar ein bisschen Spaß. Natürlich hat es schon längst geklingelt. Aber weil wir wollen, dass es jetzt richtig sauber wird, hole ich aus dem Hausmeisterschuppen noch Besen und Kehrschaufeln. Ich kenne mich da mittlerweile gut aus. Dabei fällt mir einer von Kiaras Witzen ein.

„Was steht bei einer Putzfrau auf dem Grabstein?",
frage ich die anderen.

Alle drei zucken mit den Schultern.

„Sie kehrt nie wieder."

Einen Moment lang ist es still, dann beginnt Hannes
laut zu lachen. Auch Ömer lacht mit. Und sogar bei
Bela kann ich ein klitzekleines Lächeln erkennen.

Wir fegen den Platz rund um den Mülleimer.

Als alles blitzblank ist, kommt Komischke.

„Da bin ich aber baff. Das sieht ja hier eins a aus."
Er pfeift durch die Zähne. „Echt dufte."

Wir schauen uns an und sind sogar ein bisschen stolz.
Nur Bela guckt immer noch grimmig.

„Na, dann ab mit euch! Sonst gibt's Ärger mit Frau Leise."

„Wo kommt ihr denn her?", fragt unsere Lehrerin, als wir viel zu spät ins Klassenzimmer kommen. „Wir mussten was für den Hausmeister erledigen", sage ich schnell. Frau Leise guckt skeptisch. „Na, ob das stimmt? Jetzt aber alle auf die Plätze und leise sein bitte!" „Wir sollen wie Sie sein?", fragt Hannes halblaut und alle lachen. „Haha, sehr witzig. Ihr wisst, was ich meine", antwortet sie. Wir setzen uns hin und es ist fast still. Doch dann fängt es an zu gurgeln, gefolgt von einem Rauschen, und Frau Leise zuckt zusammen. „Also. In zwei Wochen ist unsere Projektwoche. Es wird höchste Zeit, dass wir uns überlegen, welches Thema wir bearbeiten wollen. Es sollte etwas sein, das uns alle betrifft. Setzt euch in Vierergruppen zusammen und sammelt Vorschläge." Ein paar Kinder stöhnen auf.

Mir schießen gleich ein paar Ideen durch den Kopf.
Dinosaurier. Erfindungen. Zeitreisen. Nur, mir eine
Gruppe zu suchen, vergesse ich total.

„Samuel und Bela, ihr geht zu Hannes und Ömer",
sagt Frau Leise da.

Oh nee, Bela! Ich nehme meinen Stuhl und setze
mich Hannes und Ömer gegenüber an den Tisch.

Rums! Belas Stuhl landet neben mir und er lässt sich
darauffallen. Ich rücke ein Stück zur Seite.

„Habt ihr Ideen?", fragt Hannes.

„Autos?", sagt Ömer.

„Dinosaurier?", sage ich und schaue vorsichtig in
Belas Richtung. Doch der verzieht keine Miene.

„Betrifft uns das alle?", fragt Hannes. „Was meint
Frau Leise eigentlich damit?"

Ich überlege kurz. „Vielleicht meint sie so was wie
Klimaerwärmung. Oder Umweltschutz."

„Hmm", machen Hannes und Ömer. Und dann erzähle
ich von Kiribati.

Als ich noch mittendrin bin, klatscht Frau Leise in die
Hände. „Ich bin gespannt auf eure Vorschläge."

Ein paar tuscheln noch, dann wird es still.

Bela ist der Erste, der sich meldet.

„Ja, Bela? Was habt ihr für eine Idee?"

„Ich muss aufs Klo." Einige kichern.

„Nicht schon wieder!", ruft Frau Leise. „Wenn es nicht unbedingt nötig ist, dann geht ihr ab sofort nur noch in den Pausen auf die Toilette. Also, was habt ihr für Themen?"

Eine Gruppe von Mädchen schlägt **Tiere & Tier-schutz** vor. Eine gemischte Jungs-und-Mädchen-Gruppe ist für **Internet & Medien**. Der dritten Gruppe ist nichts eingefallen. Und die vierte ist für **Schönere Schule**.

„Wollt ihr die Schule rosa anmalen?", fragt Hannes, und Ömer lacht.

„Ich finde, das ist ein toller Vorschlag!" Frau Leise sieht richtig begeistert aus und bemerkt gar nicht, dass Bela aus dem Klassenraum geht.

Aber als Bela vom Klo zurückkommt, bekommt er einen strafenden Blick von Frau Leise. Und zack, läuft er gegen den ziemlich vollen Mülleimer. Der wackelt, fällt aber nicht um. Auf noch mal Müllsammeln hätte ich heute echt keine Lust gehabt.

„Was ist mit der letzten Gruppe?", sagt Frau Leise streng. Bela setzt sich wieder zu uns und ich schaue Hannes, Ömer und ihn unsicher an.

„Was ist?", zische ich leise. „Soll ich das Thema vorschlagen?"

Bela und Ömer zucken mit den Schultern. Hannes nickt.

„Also?" Frau Leise klingt ungeduldig.

„Kiribati", sage ich laut.

„Hä?", machen alle. Alle außer den Jungs in meiner Gruppe natürlich. Wobei ich mir bei Bela nicht ganz sicher bin.

„Das musst du uns erklären", sagt Frau Leise.

Und dann lege ich los.

11. Kapitel
Leise spült das Klo ...

„So, ich glaub, ich hab alles besorgt, was wa' brauchen." Komischke zeigt mir in der großen Pause im Hausmeisterschuppen die Materialien für unsere

Klo-Aktion. Wir haben beschlossen, dass es erst mal das Wichtigste ist, die Türen zum Flur hin abzudichten, damit die Spülung in den angrenzenden Klassenzimmern nicht mehr so laut zu hören ist, vor allem in unserem Raum. Die Türen zu den einzelnen Klokabinen kann man leider nicht abdichten, weil unten eine Handbreit frei ist. Ich hatte natürlich noch ganz andere Ideen, die ich alle aufgezeichnet habe. Aber Komischke meinte, die lassen sich nicht so leicht umsetzen. Und viel Kohle darf das alles sowieso nicht kosten.

„Haste heute Nachmittag Zeit?", fragt er mich.

Ich nicke und halte ihm die Hand hin. Komischke schlägt ein.

Als ich wieder aus dem Schuppen trete, steht der Tyrannosaurus schulhofus an einen Baum gelehnt und beobachtet mich grimmig. Ein Pteranodon landet auf dem großen Ast über ihm und ... flatsch! Die Klingel reißt mich aus meinen Gedanken. Bela fährt sich durchs Haar, so, als hätte der Flugsaurier tatsächlich ... Ich husche schnell durchs Treppenhaus nach oben. Bloß früher im Klassenraum sein als Bela!

Am Nachmittag gehen Komischke und ich ans Werk. Erst mal ist das Jungsklo dran. Wir hängen die Tür aus und kleben sowohl in den Türrahmen als auch rund um die Tür spezielles Dichtungsband.
„Schön jede Ritze dichtmachen", sagt Komischke, während wir arbeiten.
Als das erledigt ist, hängt er die Tür wieder ein. Dann ist das Mädchenklo dran. Hier sind wir jetzt schon richtig gut in Übung. Nun schließt auch diese Tür bombensicher. Fast ein bisschen zu gut. Sie hakt etwas. Der Hausmeister nimmt die Tür noch einmal raus und schneidet ein überstehendes Stück Dichtungsband ab.
„Hier, nimm mal", sagt er und hält mir das Stück hin. Dann hängt er die Tür wieder ein. Ich schaue mich in der Zeit im Toilettenraum um und überlege, was man sonst noch tun könnte, damit es nicht so laut ist. Schön jede Ritze dichtmachen, geht es mir durch

den Kopf. Dabei fallen mir kleine längliche Schlitze im Boden auf. Ziemlich mittig zwischen Waschbecken und den Toilettenkabinen sitzt ein rundes Metallteil und da sind die Schlitze drin. Da kommen bestimmt auch viele Geräusche nach unten hin durch. Schnell stopfe ich die Reste vom Dichtungsband, das ich noch in der Hand habe, in die Öffnungen hinein.

„Jetzt machen wir mal 'n Test", sagt Komischke und geht nach draußen auf den Flur.

Ich drücke in einer der Klokabinen auf die Spülung. Das Wasser schießt mit ganz schön viel Druck heraus, fällt mir auf.

Ich gehe wieder in den Vorraum und Komischke schaut zur Tür herein. „Jetzt bei den Jungs. Ich drück, du sperrst die Lauscher auf."

So machen wir's.

„Und?", fragt er.

„Sehr viel leiser, aber irgendwie immer noch laut. Lauter als bei uns zu Hause zum Beispiel."

„Das liegt daran, dass das hier mit Druckspülung funktioniert. Zu Hause habt ihr wahrscheinlich

  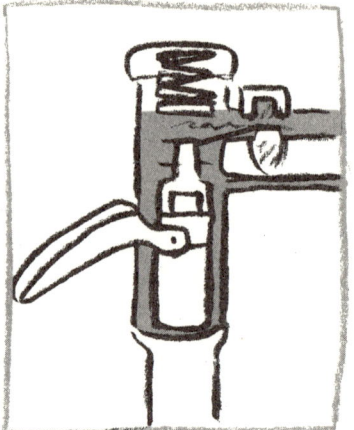

Spülkästen. Die sind deutlich leiser, sag ich dir",
erklärt er.

Stimmt, zu Hause sieht auch der Knopf für die
Spülung anders aus als hier. „Und warum kann man
die hier nicht einbauen?", frage ich.

Komischke streicht sich übers Kinn. „Könnte man.
Aber so 'ne Umrüstung is' nich' billig. Die Akustik is'
natürlich auch 'n Problem."

„Welche Akustik?", frage ich.

„Na ja ...", Komischke zeigt in den Vorraum. „Hier ist
nichts außer Fliesen und Keramik. Nichts, was den
Schall schluckt. Handtücher, Badvorleger und all das
Zeuch, was man zu Hause rumliegen hat. Aber besser

is' es nu' allemal. Da kann sich Frau Leise ma' schön entspannen."

Genau, denke ich und freue mich auf ihre Reaktion morgen.

12. Kapitel
Die K-Frage

Zum Frühstück trinke ich erst mal zwei Liter Cola. Kühl und süß sprudelt es in meinem Mund. In der Schule werde ich zwar alle fünf Minuten aufs Klo gehen müssen, aber das macht nichts. Denn Frau Leise ist total entspannt und lächelt die ganze Zeit nur. Ommmmmm!

„Samuel, du musst los", sagt Mama.

„Was? Ach so." Ich schiebe mir schnell noch drei Löffel Müsli in den Mund. Manchmal bin ich einfach komplett woanders. Bei uns gibt's natürlich keine Cola zum Frühstück, sondern Müsli mit Milch. Aber irgendwas muss ich mir heute ausdenken, damit ich während der Stunde aufs Klo gehen kann und Frau Leise merkt, dass es gar nicht mehr so laut ist.

Hoffentlich kann ich sie irgendwie überreden. Schließlich hat sie letztens gesagt, dass keiner mehr während der Stunde aufs Klo gehen soll. In den Pausen ist es aber zu laut auf dem Flur, da wird sie auf die Klospülung nicht achten.

„Kiara, du musst auch los!", ruft meine Mutter nach oben. „Du hast noch nicht mal gefrühstückt!"

Schlecht gelaunt kommt FS³ nach unten. Wahrscheinlich wusste sie wieder mal nicht, was sie anziehen soll. Oder sie ist mit ihrer Zahnspange in ihrer Strickjacke hängen geblieben, das ist letztens passiert. Danach war ihre Laune absolut am Boden. FS³ schlurft durch den Flur. „Ich brauche Geld für neue Schuhe."

Mama seufzt. „Schon wieder neue Schuhe? Warum? Was ist mit deinen Turnschuhen? Sind sie zu klein?"

„Die find peinlich", sagt Kiara.

Ich sehe, wie Mama zu kochen beginnt. Aber sie versucht ruhig zu bleiben. „Alles ist gerade peinlich, Kiara. Was ist los mit dir?"

„Ich muff lof zur Schule, daf haft du doch felbft

gefagt." Sie zieht widerwillig ihre peinlichen Schuhe an, schnappt sich ihre Jacke und ihren Rucksack und knallt die Tür hinter sich zu.

Mama zuckt mit den Schultern und sieht mich ratlos an.

Ich glaube, ich muss mir einen Stimmungswandler für meine Schwester ausdenken. Sie ist echt nicht mehr auszuhalten. Vielleicht würde sie dann auch mal wieder einen Witz erzählen.

„Dann fahr ich wohl mal wieder alleine", sage ich. Denn durchs Küchenfenster sehe ich, wie FS³ schon auf ihr Rad steigt und losdüst.

„Warte, ich komme mit!", ruft Papa.

Wir holen die Räder aus dem Schuppen und machen uns auf den Weg. Als ich den Wannsee sehe, muss ich wieder an Kiribati denken.

Ich fahre etwas schneller, bis ich neben meinem Vater bin. „Papa, wenn wir alle schuld sind an der Klimaveränderung, dann müssten wir doch eigentlich auch alle was dagegen tun. Und nicht nur du und deine Kollegen."

„Genauso ist es", sagt er. „Meine Kollegen und ich können auch gar nicht sooo viel tun."

Ha! Gibt er jetzt zu, dass er nur rumsitzt und Papierflieger faltet?

„Wir erforschen, wie stark sich das Klima bereits verändert hat", redet er weiter, „und was in den nächsten Jahren noch alles passieren wird." An einer roten Ampel vor einer großen Straße halten wir an. Alles ist voller Autos. „Aber vor allem die Politiker müssen Entscheidungen treffen und neue Gesetze machen. Und alle Menschen müssen mithelfen, damit sich endlich etwas ändert."

Die Ampel wird grün und wir biegen links ab. Ein
Laster fährt dröhnend an uns vorbei.

„Aber was genau können wir denn tun?", sage ich
laut.

„Ich muss hier lang. Tschüs, Samuel!", ruft mein Vater
mir zu.

Hat er mich überhaupt gehört?

Papa winkt und biegt rechts ab.

13. Kapitel
Freistunde mit Grünzeug

„Was macht ihr denn hier? Habt ihr keinen Unterricht?"

„Freistunde", sage ich. „Frau Leise ist krank." Ich war ziemlich enttäuscht, als heute Morgen statt ihr ein Vertretungslehrer hereinkam.

„Aha." Der Hausmeister stützt sich auf seinen Besen.

„Da könnt ihr mir eigentlich mal wieder helfen ..."

„Och nee, keinen Müll aufsammeln", stöhnt Ömer.

„Ich dachte da an was anderes ... Kommt mal mit! Du auch, Bela."

Bela blickt auf, setzt sich widerwillig in Bewegung und stapft hinter uns her.

Komischke führt uns zu dem schmalen Streifen neben dem Hausmeisterschuppen. Ein Teil davon ist mit Laub bedeckt und hinten zum Zaun hin ist eine Menge Gestrüpp. Schade, dass es keine Farne gibt, dann würde sich der Tyrannosaurus schulhofus bestimmt wohlfühlen.

„Sagt mal, hättet ihr nich' Lust, hier 'n bisschen für Ordnung zu sorgen? Das war früher mal 'n Schulgarten, aber seit Jahren wurde nichts mehr gemacht."

Hannes, Ömer und ich schauen uns an.

„Okay", sagt Hannes.

„Alles, was ihr braucht, findet ihr im Schuppen."

„Und was genau sollen wir machen?", frage ich.

„Das Gestrüpp muss weg. Und das Laub könnt ihr zusammenharken. Ich stell euch was hin für den Gartenabfall."

Wir gehen zum Hausmeisterschuppen. Ich war schon ein paarmal drin. Die anderen staunen, wie viele Geräte und Werkzeuge es hier gibt.

„Wisst ihr, was der Hammer ist?", sage ich.

„Nee, was denn?", fragt Ömer gespannt.

„Ein Werkzeug." Seit meine Schwester zu FS³ geworden ist und keine Witze mehr erzählt, werde ich

mehr und mehr zum Witzeerzähler. Irgendjemand
muss den Job ja übernehmen!

„Haha", macht Bela und schnappt sich eine Garten-
schere. Hoffentlich geht er damit nur auf die
Pflanzen los.

Der Tyranno bleibt zum Glück halbwegs friedlich. Bela
schnippelt irgendein Rankenzeug ab, das es wahr-
scheinlich schon zur Dinozeit gab. Ich reche das
Laub zusammen. Hannes zieht Wurzeln aus dem
Boden und Ömer hilft mal hier und mal da ein biss-
chen mit und räumt das ganze
Zeug in einen riesigen
Behälter, wo er es mit den
Füßen platt
stampft.

Siat
alias
ich

T-Rex
alias Bela

Wir kommen richtig ins Schwitzen, weil wir so hart arbeiten.

Als es zur Pause klingelt, sind wir immer noch am Schneiden, Rechen, Harken und Rausreißen. Der Korb ist mittlerweile voll. Und der Schulhof auch. Manche gucken komisch, was wir da machen. Oder geben irgendwelche Kommentare ab. Zum Beispiel FS³, aber ich höre gar nicht hin.

Erst jetzt, wo die Fläche halbwegs freigeräumt ist, sehen wir, wie groß sie ist. „Wow", sage ich, „das hätte ich nicht gedacht."

„Jungens, ihr seid der Hammer", sagt Komischke und wir lachen.

Als es zur nächsten Stunde klingelt, bringen wir schnell die Geräte zurück in den Schuppen. Wir schlagen ein. Alle vier. Sogar der Tyranno.

14. Kapitel
Klimawandel im Klassenzimmer

„Alle hinsetzen!" Frau Leise klatscht in die Hände.
„Gestern war ich leider krank, aber heute stimmen wir
über unser Projektwochenthema ab." Sie klappt die
Tafel auf. Die vier Themen stehen darauf. „Jeder kann
für zwei Themen stimmen, muss aber nicht."
Ich melde mich für **Klimawandel,** ist ja klar, und für
Schönere Schule – auch wenn ich nicht auf Rosa
stehe.
Frau Leise notiert die Abstimmungsergebnisse an der
Tafel. **Internet & Medien** bekommt zehn Stimmen,
Tiere & Tierschutz sieben, **Klimawandel** zwölf und
Schönere Schule … Trommelwirbel … auch zwölf!
Frau Leise sieht etwas ratlos aus. Bela nutzt den
Moment und geht erst mal aufs Klo. Ich warte

gespannt ab, wie die Wahl entschieden wird und ob Frau Leise was merkt.

„Und nun?", fragt sie.

Ich melde mich.

„Samuel?"

„Ich hab eine Idee. Man könnte die beiden Themen doch verbinden."

„Aha, wie das denn?", fragt Frau Leise.

„Wir könnten den Schulgarten neu anlegen", schlage ich vor. Die Idee hatte ich gestern auf dem Nachhauseweg. „Die Natur ist ja ganz wichtig für das Klima."

„Willst du ein rosa Gewächshaus reinstellen?" Hannes lacht.

„Zum Beispiel. Muss ja nicht rosa sein. Und wir könnten das Thema Klimawandel behandeln und schauen, was wir alle dagegen tun können. Hier, an unserer Schule. Und dabei die Schule ver... verbessern."

Alle sehen mich an. Das ist mir etwas unangenehm. Ich schaue nach unten und verstecke mich hinter meinem Haarvorhang.

In diesem Moment kommt Bela wieder herein. In letzter Sekunde weicht er dem vollen Mülleimer aus. Beinahe wäre er mit ihm zusammengestoßen. Gespannt schaue ich von ihm zu Frau Leise. „Das klingt nach einer guten Idee", sagt unsere Lehrerin. Dann schaut auch sie zu Bela und stutzt. „Warst du auf dem Klo? Ich habe gar nichts gehört." „Sollte ich was sagen?", brummelt Bela, als er zu seinem Platz zurückgeht. „Nein, von der Klospülung. Es war ganz leise." Sie kratzt sich am Kopf. „Komisch. Könnte noch mal jemand von euch gehen? Zum Test?" Ich melde mich. Schnell flitze ich zum Klo gegenüber und muss auch wirklich gerade pinkeln. Ich drücke lange auf die Klospülung, wasche mir die Hände und gehe zurück in den Klassenraum. Frau Leise lächelt mich an, als ich wieder herein- komme. „Es ist viel leiser. Unglaublich." „Ähem." Ich räuspere mich. „Das liegt wahrscheinlich daran, dass Komischke und ich ... also ... äh ... Herr

Komischke und ich die Türen zu den Klos abgedichtet haben."

Frau Leise strahlt. Von einem Ohr zum anderen. So habe ich sie noch nie gesehen. Von ihrem Lächeln wird es schlagartig zwei Grad wärmer im Raum. „Das ist ... das ist ... ja wunderbar! Genauso wie die Idee, beide Themen zu verbinden. Ich rede mal mit dem Hausmeister. Du überraschst mich, Samuel!"

Ich werde rot und freue mich. Während ich zu meinem Platz gehe, erhasche ich Belas Blick. Grimmiger denn je. Der Tyrannosaurus wetzt schon die Krallen und fletscht die Zähne. Hilfe! Jetzt kommt es mir vor, als wäre es nicht nur zwei, sondern zehn Grad wärmer. Ist das die Erderwärmung? Oder kündigt sich die nächste Warmzeit an und die Dinos kehren zurück? Sind sie überhaupt je weg gewesen?

Die letzten zwei Tage habe ich gar nicht mehr darüber nachgedacht. Aber nun graut mir wieder vor der nächsten Pause. Wie gerne wäre ich ein Siats ...

15. Kapitel
Zimtzucker für alle

Meine Befürchtungen werden wahr. Obwohl ich mich in der großen Pause beim Hausmeisterschuppen aufhalte, steht Bela plötzlich vor mir. „Du überraschst mich, Samuel!", äfft er Frau Leise nach. „Ich hab auch eine Überraschung, Streber!" Dann boxt er mir so was von in den Bauch, dass mir die Luft wegbleibt.

Der Tag ist für mich gelaufen. Warum war Komischke nicht da? Oder hat er es gesehen, aber nichts gemacht? Hätte ich Frau Leise davon erzählen sollen? Wir haben sie nach der Pause gar nicht mehr gehabt. Außerdem wäre ich dann nicht nur ein Streber, sondern auch noch eine Petze.

Ich will kein Streber sein und auch keine Petze. Ich
bin ganz normal und erfinde gerne Sachen. Aber im
Moment haben sich alle gegen mich verschworen,
denke ich, während ich nach Hause fahre. Langsam
stemme ich mich in die Pedale. Sogar der Wind ist
gegen mich!

Den Wannsee neben mir beachte ich kaum, auch von
Kiribati will ich gerade nichts wissen.

Und von FS[3] erst recht nicht.

Als ich nach Hause komme, ist zum Glück keiner da.
Ich gehe in mein Zimmer, mache Musik an und setze
mich an meinen Schreibtisch. Aus der Schublade hole
ich mein Erfinderheft. Ich will irgendwas Einfaches,
Praktisches erfinden. Irgendwas, das dann auch
wirklich funktioniert. Wusstet ihr, dass es Salzstreuer,
so wie wir sie kennen, erst seit hundert Jahren gibt?
Die Idee stammt von einer Mohnkapsel, aus der
durch Schütteln die Samen durch kleine Öffnungen
hinausgelangen. So eine Idee müsste man mal haben,
einfach und genial! Ich hole den Salzstreuer vom
Tisch in der Küche und drehe ihn in meiner Hand.

Ich glaube, was die Welt noch braucht, ist ein
Zucker-Zimt-Streuer, bei dem man einstellen kann,
wie das Verhältnis von Zucker zu Zimt sein soll. Wenn
wir Milchreis essen, ist mir das Zucker-Zimt-Gemisch,
das Mama macht, immer viel zu zimtig. Und FS³ ist es
nie zimtig genug. Kein Wunder, dass sie so eine
Zimtzicke geworden ist!
Also bräuchte man einen Streuer, der zwei einzelne
Kammern für Zucker und Zimt hat. Am Streuer kann

man drei verschiedene Zimtstärkestufen einstellen und bekommt immer die richtige Mischung. Schnell zeichne ich meine Idee auf.

Dann höre ich, dass Mama nach Hause kommt.

„Mama, können wir heute Abend Milchreis essen?", rufe ich nach unten.

„Ja, nein, vielleicht", sagt sie und diskutiert weiter mit FS^3, die mit ihr gekommen ist.

„Ich hab dir die neuen Turnschuhe unter der Bedingung gekauft, dass du dafür ein Paar alte, die noch gut aussehen, verkaufst. Ich finde es nicht gut, ständig neue Sachen zu kaufen und die alten einfach wegzuschmeißen, obwohl sie noch völlig in Ordnung sind."

„Die will eh keiner mehr haben", sagt FS^3. „Die find voll peinlich."

„Die sind überhaupt nicht peinlich. Du selbst wolltest sie doch haben."

„Jetft will ich fie aber nicht mehr haben. Wo foll ich fie überhaupt verkaufen?", fragt sie schlecht gelaunt.

„Gibt es bei euch an der Schule nicht so was wie einen Flohmarkt? Das wäre doch mal praktisch."

„Keine Ahnung, ich geh noch nicht fo lange auf diefe doofe Fule."

„Kiara, es reicht mir langsam. Hör auf zu meckern und mach was, um dich einzugewöhnen. Wir leben jetzt hier. Das ist deine neue Schule. Das ist dein Leben."

Kiara dreht sich um und geht in ihr Zimmer.

Mama verdreht die Augen. „Was wolltest du, Samuel? Wie geht's dir? Wie war dein Tag?" Sie räumt die Einkaufstaschen aus. „Ach ja, du wolltest Milchreis. Kann ich machen."

Wieso fragen Erwachsene eigentlich immer, wie's einem geht, wenn sie dann eh keine Antwort hören wollen?

16. Kapitel
Das Salz in der Suppe

Am Abend reden mein Papa und ich doch noch über Kiribati. Irgendwie kommen wir darauf, als mein Vater den Salzstreuer auf meinem Schreibtisch stehen sieht.

Er nimmt ihn in die Hand und schüttelt ihn. „Weißt du, was in Kiribati total absurd ist? Das Wasser steigt, überschwemmt große Teile der Inseln. Und trotzdem fehlt es an Wasser."

„Wieso das denn?", frage ich. Das kapiere ich nämlich überhaupt nicht.

„Die Menschen und auch die Pflanzen brauchen Süßwasser." Er stellt den Salzstreuer wieder hin.

„Limo, oder was?" Bei dem Gedanken, dass das Gemüse mit Limo gegossen wird, muss ich lachen.

Vielleicht würde es mir dann auch besser schmecken. Mein Vater lacht mit. „Nein, keine Limonade. Süßwasser ist ganz normales Grundwasser oder Regenwasser. Im Gegensatz zu Meerwasser ist es nicht salzig. Kokospalmen zum Beispiel vertragen Salzwasser, aber nur in gewissen Mengen. Wenn das komplette Grundwasser versalzen ist oder sie komplett vom Meer umspült sind, gehen sie ein. Und die Brunnen, aus denen Trinkwasser gewonnen wird, versalzen auf Kiribati auch immer mehr."

„Geht der Mensch auch ein, wenn er Salzwasser trinkt?", frage ich.

„Der Mensch braucht Salz. Aber salziges Wasser schmeckt ziemlich eklig. Würde man viel davon trinken, würde es den Körper austrocknen, also genau das Gegenteil von normalem Wasser bewirken. So, mein Lieber, jetzt ab ins Bett mit dir."

„Okaaay", sage ich und lasse den Salzstreuer unbemerkt in meinem Schulrucksack verschwinden.

Ommmmmm! Frau Leise ist total entspannt, die Vögel zwitschern, keiner quatscht, und dann plötzlich ...

„Bäh!!!!! Iiiii!!!"

Bela spuckt mitten auf sein Deutschheft. Jedenfalls soweit ich es sehen kann, denn vorsichtshalber lasse ich mir die Haare ins Gesicht fallen.

Frau Leise springt auf. „Bela, was ist los mit dir?"

„Salz!", ruft der und schüttelt sich. „Bäh! Da ist Salzwasser in meiner Trinkflasche."

„Geh zur Toilette, spül dir den Mund aus und die Flasche auch. Danach überlegen wir, wie das passiert sein könnte."

Jetzt bräuchte ich ihn wieder, den Teleporter, eine Unsichtbarmachmaschine oder den Dino-Verwandler – wobei der Tyranno mich wahrscheinlich trotzdem sehen könnte, wenn er vom Klo wiederkommt. Vielleicht klemmt ja auch die Tür und er kommt nie wieder aus der Toilette raus. Dann vergisst Frau Leise, was passiert ist, die Vögel zwitschern wieder ... Ommmmmm!

Die Tür geht auf und Bela stapft mit der Trinkflasche

in der Hand zurück zu seinem Platz. Ich weiß, ich habe schon öfter behauptet, dass er grimmiger denn je guckt, aber jetzt guckt er wirklich so grimmig, wie ich ihn noch nie gesehen habe.

Was soll ich machen? Zugeben, dass ich es war, als Rache für den Platten, den Fausthieb gestern und dafür, dass Bela von Anfang an so gemein zu mir war? Oder einfach so tun, als ob ich von nichts 'ne Ahnung hätte?

„Also, Leute, Seife in der Trinkflasche hatten wir schon. Salz ist neu. Hat jemand etwas dazu zu sagen?"

Ich überlege, wie wahrscheinlich es ist, dass mich jemand dabei beobachtet hat. Und ob Frau Leise meine Tasche durchsuchen und den Salzstreuer entdecken wird.

Es entsteht Unruhe, aber keiner meldet sich.

„Gut. Wenn jemand zu mir kommen will, kann er das nach der Stunde gerne tun. Oder auch morgen.

Bela, ist bei dir wieder alles in Ordnung?"

„Ja", brummt er.

„Also, macht im Deutschheft weiter. Für die Projekt-
wochenthemen haben wir heute keine Zeit, wir
müssen mal wieder normalen Unterricht machen.
Ich konnte eh noch nicht mit Herrn Komischke
sprechen."
Alle stöhnen. Nur ich freue mich ausnahmsweise mal,
dass es mit normalem Unterricht weitergeht.

17. Kapitel
Grünes Licht

„Hey Samuel, kann ich ma' mit dir reden?" Ich schließe mein Rad auf und schaue hoch. Komischke. „Ich muss eigentlich schnell nach Hause", sage ich. Ich habe heute keine Lust zu reden.

„Ach, das geht fix. Frau Leise hat mich wegen der Sache mit dem Schulgarten angequatscht. Du hattest ja die Idee, den neu aufleben zu lassen. Ich dachte, es wär ganz gut, wenn ihr vier das angeht, also Bela, Hannes, der andere und du. Aber wenn jetzt die ganze Klasse mitmachen will, soll mir das auch recht sein. Ich helf euch natürlich."

Bei dem Namen Bela zucke ich zusammen. „Ich weiß gar nicht, ob ich überhaupt noch Lust darauf habe ..."

„Klar haste das." Komischke haut mir gut gelaunt auf
die Schulter. „Ich würd' sagen, ich geb Frau Leise
grünes Licht. Und denn mach'n wir alles schön grün,
haha!"

„Ja, okay", sage ich knapp, obwohl meine Ampel eher
auf Rot steht.

„Alles schick bei dir?"

„Ja, klar, ich muss jetzt los." Ich schiebe das Rad aus
dem Fahrradständer. „Oh nein!!!" Das darf doch nicht
wahr sein! Der Reifen ist schon wieder platt.

Komischke folgt meinem Blick. „War das wieder der
Stänkerfritze, oder was?"

„Bela? Bestimmt." Ich sehe den Tyrannosaurus schulhofus schon vor mir mit seinen scharfen Krallen.

„Ich hol das Flickzeug ..." Komischke geht Richtung
Schuppen.

Zack! werde ich zu Siats, schnappe mir den Tyranno
und lasse ihn in meinen Klauen baumeln. Er fleht und
bettelt, ruft um Hilfe, strampelt mit den Beinen.

Aber ich fletsche nur meine spitzen Haifischzähne.

„Na, denn woll'n wir mal."

Ich lasse den Tyranno fallen und werde wieder zu
Samuel Lichtenberg.

„Dass der Piepel aber auch immer so 'ne Zicken
machen muss ..." Komischke schnappt sich mein Rad,
dreht es auf den Sattel und beginnt, den Mantel
vom Hinterrad zu hebeln. „Den Mantel haste aber
nich' ausgetauscht, wie ich dir gesagt hab, wa'?"

„Äh, nee, stimmt, das hab ich vergessen", stottere
ich.

„Kein Wunder ...", murmelt er. „Das is' der Übeltäter!"
Triumphierend hält er eine kleine grüne Scherbe
hoch, die er aus dem Mantel gezogen hat. „Hab ich
wohl übersehn beim letzten Mal."

„Heißt das, es war gar nicht Bela?"

„Schätze mal, nee. Da biste wo reingefahrn."

Oh. Ich hätte schwören können, dass Bela dahinter-steckt.

„Also auch nicht beim letzten Mal?"

Komischke schüttelt den Kopf. „Das war 'ne Bierpulle."

18. Kapitel
Was ist ...?

Was ist grün und geht bald unter? Kiwibati.

Was wird gefährlich heiß und steht in jeder Küche? Die Herderwärmung.

Was ist ausgestorben und schmeckt nach Zitrone? Ein Tyrannosauer.

Wenn FS³ keine Witze mehr erzählt, muss ich mir wohl selbst welche ausdenken. Wäre ich nicht so schlecht drauf, würde ich sogar lachen. Bei Tyrannosauer muss ich wieder an Bela denken. Er war es also nicht, der meinen Reifen aufgeritzt hat. Aber er hat mir in den Bauch geboxt. Er oder der Tyrannosaurus schulhofus, zu dem er in jeder Hofpause wird. Was hat er eigentlich für ein Problem? Ich hab ihm doch gar nichts getan. Abgesehen von meiner Rache mit dem Salzwasser. War das zu heftig? Vielleicht sollte ich doch noch zu Frau Leise gehen und ihr alles erzählen? Grübelnd sitze ich auf dem Sofa, als meine Mutter hereinkommt. Sie hatte es am einfachsten bei unserem Umzug, finde ich. Sie ist Übersetzerin und arbeitet sowieso von zu Hause aus. Was macht es da für einen Unterschied, ob man in der Nähe vom Weißensee oder vom Wannsee am Schreibtisch sitzt? „Na, alles klar bei dir?", fragt sie und streicht mir die Haare aus dem Gesicht. „Zum Glück bist wenigstens du normal geblieben. Ich weiß echt nicht mehr, was ich mit Kiara noch machen soll ..."

Was ist salzig und hässlich? Eine Hyträne.

„Sami, ist alles gut?"

Nichts ist gut.

Und dann erzähle ich meiner Mama alles von Anfang an.

Am nächsten Morgen spreche ich noch vor der ersten Stunde mit Frau Leise. Sie hat mich mit in einen kleinen Besprechungsraum genommen, der neben den Toiletten ist. Ich habe Bauchweh.

„Ich war das mit dem Salz in Belas Trinkflasche", sage ich leise.

„Du?", sagt sie erstaunt. „Das hätte ich nie gedacht."

Ich erzähle ihr, wie gemein Bela von Anfang an zu mir war, obwohl ich ihm nichts getan habe. Dass ich dachte, dass er meinen Fahrradreifen aufgeschlitzt hätte, aber dass er das doch nicht war. Und dass er mir in den Bauch geboxt und mich Streber genannt hat.

„Verstehe ...", murmelt sie. „Weißt du, Bela hat die Dritte wiederholt, er kam letztes Jahr neu in die

Klasse. Er war lange allein, bis er sich vor den Sommerferien ein bisschen mit Hannes und Ömer angefreun-
det hat. Dann kamst du, und da dachte er wohl, dass
du ihm die Aufmerksamkeit stiehlst. Das ist keine
Entschuldigung, aber es könnte eine Erklärung sein."
„Ich? Ihm? Ich hab doch selbst noch keine Freunde
hier."
Frau Leise lächelt. „Ja, aber du bringst dich ein und
hilfst ... na ja, wenn du nicht gerade im Unterricht
malst."
„Ich male nicht, ich erfinde", sage ich, aber dann
halte ich lieber meine Klappe.
„Wie auch immer: Du bist auf dem besten Wege, dich
hier zu integrieren, also deinen Platz in der Klasse zu
finden und dazuzugehören. Darauf ist er wahrscheinlich neidisch."
Jetzt kapiere ich gar nichts mehr. „Neidisch? Wieso
tyrannisiert er dann alle? Ist doch klar, dass so keiner
was mit ihm zu tun haben will."
„Es ist wahrscheinlich genau das Gegenteil von dem,
was er eigentlich will. Es passiert aus Frust."

Irgendwie muss ich gerade an FS[3] denken. Vielleicht würden die beiden sich ganz gut verstehen! Frau Leise steht auf. „So, es hat längst geklingelt. Wir müssen rüber in den Klassenraum. Danke, dass du bei mir warst und mir alles erzählt hast. Das war sehr mutig. Ich denke, du weißt, dass das mit dem Salz in der Trinkflasche falsch war."

Ich nicke und streiche mir die Haare aus dem Gesicht.

19. Kapitel
Kiara geht unter!

Ich fühle mich besser, seit ich mit Frau Leise gespro-
chen habe. Bela versuche ich weiter aus dem Weg zu
gehen. Aber das wird nicht ewig klappen. Schon gar
nicht, wenn wir jetzt auch noch dieses Schulgarten-
Projekt zusammen an der Backe haben. Ich kann ja
auch nicht in jeder Pause bei Komischkes Schuppen
abhängen und hoffen, dass der Hausmeister da ist.
Frau Leise hat nichts davon gesagt, dass ich mich bei
Bela entschuldigen
soll. Eigentlich
müsste Bela sich
auch eher bei mir
entschuldigen,
finde ich.

„Was ist alt und lila?", frage ich Hannes und Ömer.

Hannes zieht die Augenbrauen zusammen und denkt nach. „Keine Ahnung." Auch Ömer zuckt mit den Schultern. „Eine Opagine."

Beide lachen. Ömer wird von seinem Bruder abgeholt und auch Hannes macht sich auf den Weg nach Hause. Irgendwie habe ich es geschafft, durch den Schultag zu kommen, ohne Bela wirklich zu begegnen. Und jetzt ist eh erst mal Wochenende.

Ich frage die Aufsicht nach der Uhrzeit. Mit Mama habe ich abgemacht, dass ich um halb drei gehe. Es ist bereits leer geworden auf dem Schulhof. Obwohl ich noch ein bisschen Zeit habe, laufe ich schon mal rein, um meine Sachen aus dem Spind zu holen. Auch in den Fluren ist niemand mehr unterwegs. Als ich fast bei unserem Klassenraum angekommen bin, höre ich plötzlich dumpfe Rufe. Ich bleibe vor der Tür zum Jungsklo stehen und lausche. Nichts. Dann gehe ich weiter zum Mädchenklo und halte mein Ohr gegen die Tür.

„Hilfe! Hallo?", höre ich eine Stimme. „Fo ein Feif!" Das muss FS³ sein! „Kiara?", frage ich und rüttle an der Tür. Doch sie lässt sich nicht öffnen.

„Fam? Bift du daf?"

„Ja", sage ich. „Was ist passiert?"

„Ich bin einge-
fperrt. Die Tür
geht nicht auf.
Und daf Waffer
fteigt."

„Welches Wasser?",
frage ich.

„Auf dem Klo."

„Auf dem Klo?" Ich kapiere überhaupt nichts.

„Daf Klo ift übergelaufen!", ruft meine Schwester durch die Tür.

Iiih! „Wie konnte das denn passieren?", frage ich.

„Ift doch egal. Hilf mir lieber!", ruft sie.

„Was ist hier denn los?", brummt eine Stimme neben mir. Bela. Der hat mir gerade noch gefehlt.

„Meine Schwester ist da drin. Die Tür klemmt und das Wasser steigt immer höher", versuche ich möglichst sachlich zu erklären.

„Hä?", macht Bela.

„Kiara geht unter!", rufe ich.

„Echt jetzt? Krass."

In meinem Kopf rattert es. Auch wenn meine Schwester in letzter Zeit ziemlich fies war, muss ich ihr helfen.

Ich überlege. Gibt es ein Fenster? Nein. Es wäre vermutlich auch zu gefährlich, aus dem Fenster zu klettern.

„Wie hoch ist das Wasser?", frage ich, mit der Wange an die Tür gepresst.

„Bif zu den Knöcheln. Ef stinkt!" Okay, sie geht noch nicht unter, aber eklig ist es trotzdem. Bela verzieht das Gesicht.

„Tut mir leid", sagt er.

„Äh, ja", sage ich überrascht. Es tut ihm leid, dass Kiara im Wasser steht? So viel Mitgefühl kenne ich von ihm gar nicht. Ich wusste noch nicht mal, dass er meine Schwester überhaupt kennt.

Er räuspert sich. „Ich meine, dass ich dich geboxt hab. Und das vorher ..."

Ach so. Ich bin wirklich baff. „Mir tut es auch leid, das mit dem Salzwasser. Das war gemein."

„Okay", sagt er. „Wie helfen wir jetzt deiner Schwester?"

Wir???

„Hier ist Bela." Er hat die Wange gegen die Tür gepresst. „Läuft das Wasser immer noch?"

„Ja", sagt meine Schwester. „Ich hab zu viel Klopapier benutft und dann fo oft auf die Fpülung gedrückt, daff fie klemmt."

In meinem Kopf rattert es. Ich denke an Wasser. Und irgendwie muss ich automatisch an Kiribati denken. Mir fällt meine erste Idee wieder ein, die ich hatte, um Kiribati zu retten. Der Stöpsel!

„Kiara, schau mal auf den Boden. Gibt es da irgendwo eine Art Stöpsel?"

„Stöpfel?", fragt sie. Wäre es nicht so ernst, müsste ich lachen. Auch über Belas Gesicht huscht ein Grinsen. Okay, die Frage war auch etwas blöd.

„Na ja, Stöpsel", sage ich. „Ein Abfluss oder so was?"

„Ja, da ift waf im Boden. Aber daf Waffer läuft nicht ab."

Die Ritzen im Boden!, schießt es mir durch den Kopf. Als wir die Türen abgedichtet haben. Dieses silberne Ding mit den länglichen Ritzen war der Abfluss! Und ich habe ihn verslopft.

„Da steckt was drin im Abfluss", sage ich. „Versuch es rauszuholen."

„Wie denn? Mit den Fingern?"

Bela und ich sehen uns ratlos an.

„Sie hat doch eine Zahnspange, oder?", sagt Bela plötzlich.

„Ja!" Ich wende mich zur Tür. „Kiara, nimm deine Zahnspange und stocher damit im Abfluss herum."

Kurze Zeit ist nichts zu hören. „Es geht nicht", kommt es dann dumpf durch die Tür.

„Gibt's bei dem Abfluss eine Art Deckel?", fragt Bela nach. „Vielleicht kannst du ihn komplett raushebeln mit der Zahnspange?"

Nach einer gefühlten Ewigkeit hören wir es gurgeln.

20. Kapitel
Es läuft!

„Es läuft ab!", ruft Kiara durch die Tür.

Bela und ich schlagen ein.

„Aber wie komme ich jetzt hier raus?", kommt es als Nächstes.

„Ich hole Komischke", sage ich zu Bela und laufe los. Auf dem Schulhof ist mittlerweile kein Mensch mehr. Auch die Aufsicht kann ich nirgends entdecken. Ich renne zum Hausmeisterschuppen und rüttle an der Tür. Abgeschlossen. Sind denn heute alle Türen zu? Da fällt mir ein, dass Komischke heute frei hat. Ich drehe um und laufe in die Schule zurück.

Völlig außer Puste komme ich im ersten Stock an, biege um die Ecke und sehe, wie Bela sich mit aller Kraft gegen die Tür stemmt.

„Komischke ist nicht da", berichte ich hechelnd.

„Ich krieg die Tür nicht auf." Bela ist auch ganz außer Atem. „Vielleicht schaffen wir es zusammen?"

„Kiara, geh aus dem Weg! Eins. Zwei. Drei."

Gemeinsam werfen wir uns gegen die Tür. Mit einem Ächzen fliegt sie auf.

„Sami! Bela! Danke!" Kiara fällt uns in die Arme.

Der Boden ist immer noch ganz nass und überall klebt Klopapier. Kiaras neue Turnschuhe sind komplett durchgeweicht und sehen irgendwie braun aus.

„Deine neuen Schuhe!", sage ich. Und schüttle mich.

Kiara zuckt mit den Schultern. Erst jetzt fällt mir das Rauschen auf. Das Wasser läuft ja noch immer! Ich folge dem Geräusch in die mittlere Toilettenkabine und drücke auf den Spülknopf, doch der klemmt.

„Lass mich mal", sagt Bela und schiebt mich zur Seite. Jetzt guckt er wieder so grimmig wie der Tyranno auf seiner Brust.

Er haut einmal kräftig auf den Spülknopf. Plötzlich ist es ruhig. So ein Dino hat eben mehr Kraft.

„Bloß raus hier!", sage ich. „Krass, wie viel Wasser da rausgekommen ist."

„Aber echt", sagt meine Schwester, „das hätte ich nicht gedacht."

Neben dem Abfluss in der Mitte des Vorraums liegt Kiaras Zahnspange. „Was ist mit der?", frage ich. „Bäh!" Kiara verzieht das Gesicht. „Die Scheißspange ist hinüber." Und dann grinst sie. Weil man sie endlich wieder verstehen kann.

Bela hat Kiara seine Sportschuhe aus dem Spind geliehen. Meine wären ihr zu klein gewesen. Dann haben wir die Aufsicht gesucht und alles gebeichtet. Ich habe gleich gesagt, dass ich wahrscheinlich schuld bin an dem verstopften Abfluss. Zum Glück ist weder meine Schwester noch die Lehrerin sauer geworden. Sie hat uns nach Hause geschickt und Komischke auf dem Handy angerufen.

„Warum hast du überhaupt so oft gespült? Und warum war da so viel Klopapier?", frage ich meine Schwester, als wir zusammen nach Hause fahren.

Ungefähr in dem Moment, als wir den Wannsee sehen.

„Ich musste aufs Klo. Also so richtig. Es war keine Klobürste da. Und es war mir peinlich. Ich wollte, dass keiner was riecht und sieht."

Aha, denke ich. Mädchen sind manchmal echt kompliziert.

„Mama ist bestimmt sauer wegen der Schuhe", sagt sie zerknirscht.

„Red einfach gleich mit ihr", sage ich. „Es war immerhin eine Notfallsituation."

Ob ich noch Ärger wegen der Sache mit dem Abfluss bekomme?

Kiara fährt langsamer. „Danke noch mal. Dass du mir geholfen hast. Obwohl ich in letzter Zeit nicht nett zu dir war. Ohne Bela und dich hätte ich vielleicht das ganze Wochenende da drin verbringen müssen. Bela ist echt okay."

„Ja?" Ich grüble. Ob Frau Leise Bela gesagt hat, dass er sich bei mir entschuldigen soll? Auf jeden Fall war es wirklich nett von ihm, bei der Rettungsaktion zu

helfen. Gar nicht mehr so Tyrannosaurus-
schulhofus-mäßig. Und Kiara ist plötzlich auch
nicht mehr FS[3]. Vielleicht hat Frau Leise recht und
Bela, und auch Kiara, wollten gar nicht so gemein
sein und haben nur nicht gewusst, wie sie das ändern
können.

Bevor wir ins Haus gehen, um Mama die ganze
Geschichte zu erzählen, schlagen wir noch mal ein.
Hoffentlich wache ich nicht gleich auf und alles war
nur ein Traum.

21. Kapitel
Gurken und Schurken

Papa hat vorgeschlagen, am Wochenende eine
Bootstour auf der Havel zu machen. Aber ich habe
erst mal genug von Wasser. Und Kiara auch. Deshalb
helfen wir jetzt Mama und Papa im Garten.
„Wie's hier aussieht!", stöhnt Mama. „Der Garten kam
bisher echt zu kurz."
„Zu kurz?", stöhnt Papa. „Dafür ist der Rasen aber
ganz schön lang."
„In der Schule sah's schlimmer aus", sage ich und
schneide vertrocknetes Zeug aus den Beeten. „Da
gibt's einen verwilderten Schulgarten."
Kiara hat einen Spaten und gräbt ein anderes Beet
um.
„Habt ihr nicht auch bald Projektwoche? Was macht

ihr denn da?", fragt Papa und bleibt mit dem Rasenmäher stehen.

„Ich hab Kiribati und Klima als Themen vorgeschla-
gen. Und irgendwie sollen wir noch die Schule ver-
schönern. Und was mit dem Schulgarten machen."
Papa legt den Handrasenmäher ins Gras und kommt
zu mir rüber. „Toll, da habt ihr ja richtig viel vor."
„Macht ihr auch Projektwoche?", fragt Mama in
Kiaras Richtung.
Sie bleibt mit dem Fuß auf dem Spaten stehen.
Heute hat Kiara wieder ihre alten Turnschuhe an.
Die, die sie eigentlich so peinlich fand und verkaufen
sollte. „Ja, aber wir haben noch gar kein Thema,
glaube ich."

Papa lacht. „Vielleicht kann Samuels Klasse
euch eins abgeben. So viele, wie die
haben!"

„Und was genau wollt ihr
dann machen, Sami?",
fragt Mama. Sie war zum
Glück nicht so sauer wegen

der Turnschuhe. Und wegen der kaputten Zahnspange auch nicht. Ich glaube, Kiara tat ihr leid. Wer will schon in der Toilette eingeschlossen sein und die braune Brühe steigt immer weiter an?

„Vielleicht irgendwas mit Müll?", sage ich. „Und mit Wasser? Und, na ja, mit dem Garten. Verbessert man nicht das Klima, wenn man was anbaut?"

„Das stimmt", sagt Papa. Er geht zum Rasenmäher zurück, doch bevor er weitermacht, dreht er sich noch mal um. „Pflanzen wandeln Kohlenstoffdioxid, kurz CO_2, wieder in Sauerstoff um. Dadurch helfen sie enorm. Und wenn man selbst mehr Obst und Gemüse anbaut, muss man weniger importieren, also ins Land bringen. Das spart dann wieder Treibstoffe, die sonst für den Transport draufgehen. Und Verpackung natürlich auch. Denn die Gurke im Garten wächst ohne Plastikfolie."

„Was ist länglich, grün und böse?", fragt meine Schwester.

Ich überlege. „Eine Schurke?"

Kiara lacht. „Richtig!"

„Müll, Transport, Viehzucht, Fabriken, das sind die großen Klimaschurken", zählt Papa auf.

Dann mäht Papa den Rasen weiter, und Mama, Kiara und ich kümmern uns um die Beete und schneiden die Hecken. Dabei überlegen wir noch ein bisschen weiter, was man bei der Projektwoche so machen könnte. Auch Kiara ist plötzlich voll dabei.

Leider können wir jetzt im Spätsommer nichts Neues mehr in unserem Garten anpflanzen. Keine Gurken, ob mit oder ohne Folie. Das machen wir dann im Frühjahr, sagt Mama. Bis dahin will ich einen Rasenmäher erfinden, den man wie ein Fahrrad fahren kann. Damit könnte man auch größere Rasenflächen ganz einfach mähen, ohne Energie zu verbrauchen. Also nur die eigene natürlich!

Zwischendurch denken Kiara und ich uns noch ein paar Witze aus. Mama und Papa sind die Jury.

„Und der Gewinnerwitz ist ...", japst Papa außer Atem. „Was ist orange und kichert, wenn man reinbeißt? – Eine Humorrübe."

22. Kapitel
Heldenhafter Empfang

Als ich am Montag in den Klassenraum komme, fangen alle an zu grölen. Kiaras Klorettungsaktion hat sich rumgesprochen, obwohl ja kaum noch jemand da war am Freitag. Bela begrüßt mich mit Handschlag, und Hannes und Ömer fangen sofort an, uns auszuquetschen, wie das Ganze abgelaufen ist.

„Iih! Und wie hoch stand das Wasser?", fragt Ömer.

Ich zeige bis zu den Knöcheln.

„Uuuah!", machen die beiden und schütteln sich.

„Das hat doch bestimmt mörder gestunken."

Bela und ich schauen uns an. „Ja, schon, ein bisschen."

„Was ist braun und schwimmt im Wasser?", fragt Bela.

Ich zucke mit den Schultern, und auch Hannes und Ömer sehen sich fragend an.

„Ein U-Brot!" Bela lacht.

Haha, den kannte ich noch gar nicht!

„Jetzt, wo wir Kiara gerettet haben, müssen wir nur noch Kiribati retten", witzle ich.

Frau Leise kommt rein und wir planen unsere Projektwoche weiter. Am ersten Tag wollen wir ganz allgemein über den Klimawandel sprechen und was für Folgen er hat.

„Samuel, du weißt doch so viel über diese Inseln", sagt Frau Leise. „Wie heißen sie noch mal?"

„Ki-ri-ba-ti!", ruft die Klasse im Chor. Ich grinse.

Auch Frau Leise lacht. „Ach ja, Kiribati. Ich fände es schön, wenn du uns allen noch mal über Kiribati berichtest. Oder vielleicht kann dein Vater ja auch mal für eine Stunde dazukommen und ihr macht das zusammen? Er ist doch Klimaforscher."

Ich nicke. „Ja, klar, ich frage ihn."

„Super, danke", sagt Frau Leise. „Übrigens: Die 6b unterstützt uns. Sie wollen die gleichen Themen behandeln."

Die 6b? Das ist doch Kiaras Klasse. Cool!

In der Hofpause suchen Bela und ich Komischke beim Hausmeisterschuppen.

„So sehen also zwei Retter aus", sagt er und haut uns nacheinander auf die Schulter.

Wir grinsen. Er ist also nicht sauer wegen dem verstopften Abfluss?

„Das mit dem Abfluss hätt' ich dir wohl erklären
müssen", sagt er. „Na ja, kann man nichts machen.
Und die Tür haben wir wohl etwas zu doll abgedichtet, wa'? Was 'n Glück, dass ihr da gewesen seid.
Und dass ihr deine Schwester zusammen befreien
konntet."
„Nur Kiaras Zahnspange ist leider dabei draufgegan-
gen. Aber das fand sie nicht so schlimm", erzähle ich.
„Und ein bisschen eklig war's auch", ergänzt Bela und
hält sich die Nase dabei zu.

Ich fahre zusammen mit Kiara nach Hause. Sie freut
sich auch schon auf die Projektwoche. Papa ist
einverstanden, für eine Stunde zu uns in die Klasse
zu kommen. Kiara will, dass er auch zu ihr kommt.
„Wenn ihr eh die gleichen Themen behandelt,
können wir das doch alle zusammen machen",
schlägt Papa vor.
„Gut, ich sag's morgen meiner Lehrerin." Kiara fährt
sich durch ihre Locken. „Kann ich morgen nach der
Schule mit zu einer aus meiner Klasse?"

„Eigentlich sehr gern. Aber morgen hast du einen Termin beim Kieferorthopäden wegen der neuen Zahnspange", sagt Mama.

Kiara stöhnt.

„Geht auch übermorgen? Wie heißt das Mädchen überhaupt?", fragt Mama nach.

„Greta", sagt Kiara. „Sie ist echt cool. Ich frag mal, ob sie übermorgen auch kann."

„Super", sagt Mama. Dann fragt sie ganz vorsichtig: „Ähm ... hat eigentlich jemand einen blöden Spruch gemacht, weil du im ... im Klo eingesperrt warst?"

Kiara dreht eine Locke um ihren Finger. „Ja, klar, ein paar haben blöde Witze gemacht. Aber irgendwie fanden alle die Aktion mit der Zahnspange und dem Abfluss auch cool." Sie grinst mich an.

23. Kapitel
Die Zeit läuft!

„Wieso nimmst du die Kühltasche mit?", frage ich
Papa am ersten Tag der Projektwoche.

„Weil wir ein Experiment machen." Er öffnet das
Eisfach und nimmt eine große Tüte Eiswürfel heraus.
In einen Karton stellt er zwei flache Schalen und eine
große Glasschüssel.

„Machst du Salat für uns?", frage ich.

Er lacht. „Das brauchen wir für das Experiment."
Weil wir so viel Gepäck haben, fahren wir ausnahmsweise mit dem Auto.

Ich helfe Papa, die Sachen in unseren Klassenraum zu
tragen. Als die 6b auch noch dazukommt, wird es
eng. Papa und ich stehen vorn und ich bin ziemlich
aufgeregt.

Als Erstes fragt Papa, was wir alle so über das Klima und den Klimawandel wissen. Viele melden sich.
„Ich bin erstaunt, wie viel ihr schon wisst", sagt er.
„Aber um das Ganze noch mal anschaulich zu machen, führen wir jetzt zwei Experimente durch. Samuel, reichst du mir mal die Kühltasche?"
Wir stellen die beiden flachen Schalen auf und füllen sie mit Eiswürfeln.
„Das sind die Gletscher an den Polen", erklärt Papa.
„Und mit dieser Glasschüssel simulieren wir den Treibhauseffekt." Über eine der Schalen stülpt er die umgedrehte Glasschüssel wie eine Kuppel. Dann reicht Papa mir sein Handy. „Stoppst du die Zeit?" Ich nicke. „Die Zeit läuft!"
Während wir dabei zuschauen, wie die Eiswürfel schmelzen, reden wir darüber, wie die Treibhausgase entstehen und dass sie sich wie eine Glocke um die Erde legen. Es wird wärmer, aber die Wärme kann nicht mehr entweichen.
Wir zählen die großen Klimaschurken auf:
„Autos und Flugzeuge."

„Fabriken."

„Müll."

„Rinderpupse." Als Hannes das sagt, müssen wir alle lachen.

„Das stimmt. Wenn die Rinder pupsen", erklärt Papa, „gelangt CO_2 und Methan in die Luft. Und es gibt viel zu viele Rinder auf der Welt, weil immer mehr Fleisch gegessen wird. Dafür werden auch immer mehr Wälder abgeholzt. Die sonst das CO_2 abbauen würden. Es schadet also doppelt."

Wir schauen dabei zu, wie die Eiswürfel unter der Glasglocke immer kleiner werden und sich immer mehr Wasser in der Schüssel sammelt.

„Stellt euch vor, hier wäre eine flache Insel." Papa zeigt auf die Wasserschüssel. „Das Wasser der Meere steigt immer weiter an. Und die Insel geht unter."

Als Nächstes erzähle ich alles über Kiribati, was ich weiß. Ich erkläre den anderen auch das Problem mit der Versalzung des Wassers, wobei ich Bela einen

Eiswürfel

kurzen Blick zuwerfe, aber er guckt gar nicht böse.
Und ich erzähle, dass viele Menschen auf Kiribati
überhaupt keine Toiletten haben.
„Was?", sagt Frau Leise. „Das kann ich gar nicht
glauben."
Mein Papa erklärt, dass das früher kein so großes
Problem war. Als die Inseln noch größer waren, lebten
die Menschen nicht so dicht gedrängt. Und das
Meerwasser hat nicht ständig alles überspült und die
Kacka überall verteilt. Mein Papa sagt natürlich nicht
Kacka, sondern Fäkalien, aber ich finde, das ist ein
komisches Wort. Dabei muss ich an das Klounglück
denken und schiele zu Kiara rüber, sie grinst zurück.
Mittlerweile sind in der Schüssel mit der Glasglocke
die Eiswürfel geschmolzen. Die in der anderen
Schüssel noch längst nicht.
„Das Ungerechte ist", sagt Papa, „dass Länder wie
Kiribati, die sehr stark unter dem Klimawandel leiden,

Erwärmung

meist gar nicht die Verursacher sind. Das sind die reichen Industrieländer." Er schreibt eine Tabelle an die Tafel.

Dann räumen wir die Tische an die Seite. „Könnt ihr auch noch eure Stühle holen?", fordert er die 6b auf.

Es wird etwas chaotisch mit fünfzig Stühlen und fünfzig Kindern in einem Klassenraum. Aber irgendwann haben wir die Stühle so aufgestellt, dass sie für verschiedene Länder und ihre Bevölkerung stehen. Afrika besteht aus acht Stühlen, die USA aus zwei, Europa aus zwölf, weil Russland dazugehört, China aus zehn und Indien aus neun. Ich wusste gar nicht, dass es so viele Inder gibt.

„Und jetzt stellen sich so viele Kinder zu den jeweiligen Stühlen, wie in dem Land Kohlenstoffdioxid ausgestoßen wird."

Zu den acht Stühlen von Afrika stellen sich zwei Kinder, zu den zwei Stühlen der USA dafür acht Kinder. Bei den zehn Stühlen von China versammeln sich fünfzehn Kinder, bei den neun Stühlen von

Afrika

USA

Europa

China

Indien

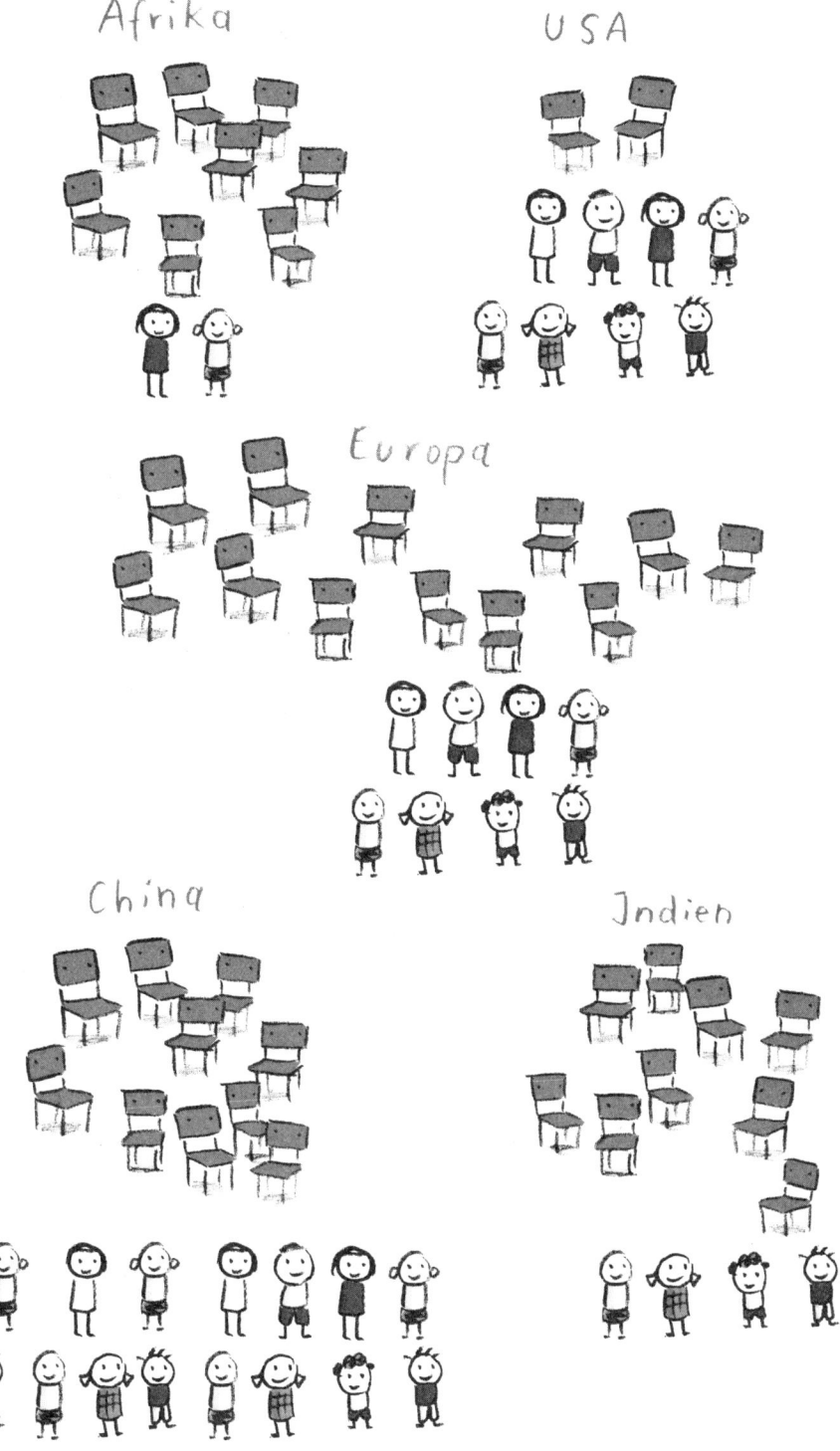

Indien dafür nur vier. Bei den zwölf Stühlen von Europa bleiben vier frei.

„Und jetzt alle setzen, aber bei eurer Gruppe bleiben", fordert Papa auf. Das klappt natürlich überhaupt nicht.

„Voll gemein von euch!", ruft Hannes, der zur USA gehört, aber keinen Stuhl mehr bekommen hat, denen aus Afrika zu. Da sind nämlich noch acht Stühle frei.

„Nein, ihr seid gemein!", ruft Greta zurück. „Ihr verpestet doch die Luft!"

„Aber echt, genau umgekehrt ist es. Ihr Umweltverschmutzer!", ruft ein anderes Mädchen aus Kiaras Klasse, das zur indischen Gruppe gehört.

Und dann rufen alle durcheinander und wir vergessen total, auf die Eiswürfel in der zweiten Schale zu gucken, obwohl die Zeit läuft.

24. Kapitel
Wut macht Mut

Frau Leise musste richtig laut werden, um am Montag wieder Ruhe in die Klasse zu bringen. Alle waren irgendwie wütend über die Ungerechtigkeit. Unsere Lehrerin hat ganz hilflos zu meinem Papa geguckt, aber der meinte, es sei gut, dass wir wütend sind. „Jetzt könnt ihr euch vielleicht vorstellen, dass es nicht reicht, wenn nur die, die betroffen sind, was tun. Alle müssen was tun! Und zwar sofort. Die Dinos dachten auch, sie hätten noch Zeit, und dann sind sie ausgestorben."
Als Papa gehen musste, haben alle laut für ihn applaudiert und ein bisschen auch für mich. Dabei hab ich mich erst hinter meinen Haaren versteckt, aber dann habe ich sie zur Seite gestrichen und fand

es doch gar nicht so schlimm, dass mich alle ange-
guckt haben.

Heute, am Dienstag, setzen wir uns in kleinen Projekt-
gruppen zusammen. Wir sollen überlegen, was wir in
unserem Alltag verändern können. Frau Leise und
Kiaras Lehrerin gehen von Gruppe zu Gruppe, um zu
kontrollieren, ob wir auch wirklich am Thema arbeiten
und nicht irgendeinen Quatsch machen. Weil bei
unserer Gruppe aber nicht nur Bela und ich, sondern
auch Kiara und Greta dabei sind, ist das gar nicht
nötig. Kiara, Bela und ich erzählen, wie viel Wasser bei
dem Klounglück zusammenkam. Wir beschließen, dass
wir in unserer Schule Wasser sparen müssen. Wir holen
uns einen Plastikbehälter von Komischke und fangen
damit das Spülwasser auf. Dann füllen wir es in einen
Messbecher und lesen ab, wie viel es ist. Im Computer-
raum googeln wir, dass sehr viel weniger Wasser zum
Spülen reichen würde, und finden heraus, dass es Wassersparer gibt, die man einbauen kann. Wir sprechen
Komischke darauf an.

„Das is' 'ne gute Idee", sagt der. „Dann wird es wahrscheinlich auch noch leiser. Aber ich muss gucken, wie teuer das wird, und mit dem Schulleiter reden."

Als wir wieder in den Klassenraum kommen, stolpert Bela gegen den vollen Mülleimer.

„Wir sollten auch Müll sparen und den Müll trennen", fällt uns auf. Wir schreiben den Punkt auf unsere Liste. Keine Trinkverpackungen mehr, nur noch auffüllbare Flaschen. Und mehr Butterbrote in Brotboxen statt Schokoriegel in Plastikfolie.

„Mit dem Rad statt mit dem Auto zur Schule kommen", sage ich.

„Mit dem Zug statt mit dem Auto oder dem Flugzeug in den Urlaub fahren", sagt Kiara.

„Das Licht in der Pause ausschalten", sagt Bela.

Wir notieren alles.

Greta liest die Liste noch mal vor. „Es reicht nicht, wenn unsere zwei Klassen was tun. Die ganze Schule muss da mitmachen."

„Sollen wir streiken? Oder eine Demo machen?", fragt Bela.

„Hmm, eine Demo ist vielleicht nicht schlecht, damit es alle mitkriegen", sagt meine Schwester.

Ich überlege und streiche mir die Haare aus dem Gesicht. „Wie wäre es, wenn wir einen Mitmachtag pro Woche machen. Für die ganze Schule. Den Mach-mitwoch!"

„Genial", sagt Greta.

Und dann überlegen wir uns Sprüche für unsere kleine Demo. „Ich hab da so eine Idee", sagt Bela geheimnisvoll.

„Was denn?", frage ich.

„Das werdet ihr morgen sehen."

25. Kapitel
Machmitwoch

Ich glaube, ich träume. Als ich am nächsten Tag in die Schule komme, steht dort ein riesiger T-Rex. Er ist mindestens zwei Meter groß, orange und hat ein riesiges Maul und kleine Klauen. In den Klauen hält er ein Pappschild: **Ich habe auch gedacht, ich hätte noch Zeit.**

„Bela?", frage ich und stupse den Dino an. „Bist du das?"

Jetzt erkenne ich ihn auch durch das kleine Sichtfenster am Hals des Dinos.

„Haha, gut, oder? Das hatte mein großer Bruder beim Abistreich an. Er hat mir auch beim Anziehen und Aufpusten geholfen. Gar nicht so leicht."

Ich stelle mein Rad ab, hole einen Superhelden-

umhang und eine Superheldenmaske aus meinem Rucksack und postiere mich mit meinem Pappschild neben dem großen T-Rex. **Ich allein kann die Welt nicht retten, aber wir zusammen!**

„Auch nicht schlecht", sagt der Dino.

Kiara und Greta kommen gleichzeitig an. Kiara war noch nicht fertig, als ich los bin. Sie haben ein Bett-

tuch bemalt und halten es an beiden Seiten fest:
Kiribati geht unter! Was ist als Nächstes dran?
Dann kommen Hannes und Ömer. Sie haben eine
große Palme zum Aufpusten mitgebracht. Beide
tragen braune Hosen und grüne T-Shirts und halten
ein Schild: **Die Welt braucht Wald!**
Nach und nach trudeln die Schüler und Lehrer ein.
Alle aus der 4a und der 6b stellen sich zu uns und
umringen den T-Rex.
„Wie geil!"
„Voll cool!"
„Echt nice."
„He, man sieht ja mein Schild gar nicht!", ruft Bela
zwischendurch.
Zuletzt kommt Frau Leise mit einem Plakat:
Kurzstreckenflüge nur für Insekten. Der Spruch ist
richtig gut, finde ich.
Und dann rufen wir alle zusammen:
„Klimaschutz betrifft uns alle,
macht die Erde nicht zur Falle!"
Es ist richtig gute Stimmung auf dem Schulhof!

26. Kapitel
Grüner wird's nicht

Am Donnerstag schauen wir uns zusammen mit Frau Leise an, wie viel Regenwald auf der Erde schon abgeholzt wurde. Es ist echt zum Heulen. Man darf gar nicht daran denken, wie viele Tiere dabei wahrscheinlich gestorben sind. Und der Wald fehlt natürlich, um das ganze CO_2, das wir Menschen in die Luft pusten, wieder abzubauen.

„Jeder Baum, jede Pflanze hilft. Und deshalb wollen wir den Schulgarten

zusammen mit unserem Hausmeister Herrn Komischke wieder bewirtschaften", kündigt Frau Leise an. „Hannes, Ömer, Bela und Samuel, ihr habt ja schon ein bisschen damit begonnen. Heute wollen wir damit weitermachen. Und was wichtig ist: Es soll keine einmalige Aktion sein. Wir müssen uns regelmäßig darum kümmern."

Ich melde mich. „Wäre das nicht was für den Machmitwoch?" Den Machmitwoch wird es jetzt nämlich jede Woche geben. Ab 12.30 Uhr soll die ganze Schule, also wirklich alle, etwas machen, das hilft, den

Klimawandel zu stoppen. Unser Schulleiter war total begeistert von der Idee.

Frau Leise klatscht in die Hände. „Ja, stimmt, sehr gut! Und nun auf nach unten!"

Komischke erwartet uns bereits mit Haken und Spaten. Wir graben die Erde um, damit man dort wieder was anpflanzen kann. Dann überlegen wir, wo Beete hinsollen und was wir anpflanzen wollen. Es sollen Pflanzen sein, die nicht allzu oft gegossen werden müssen, damit wir nicht zu viel Wasser verbrauchen.

„Apropos Wasser", sagt Komischke. „Ich hab das Okay vom Schulleiter für die Wassersparer in den Toiletten. Das wird gemacht!"

Bela und ich schlagen ein und die anderen klatschen. Nur Hannes und Ömer nicht, denn die schuften wie verrückt im Garten.

„Damit könnt ihr schon mal loslegen", sagt Komischke und holt aus seinem Schuppen einen ganzen Sack voll Blumenzwiebeln. „Die kann man auch im Herbst pflanzen", sagt er.

Dann können wir die ja auch für unseren Garten zu Hause nehmen. Das muss ich unbedingt Mama und Papa erzählen. Ich glaube, die haben vom Gärtnern nicht so viel Ahnung.

Kapitel 27
Endlich Ferien!

Als das Schuljahr anfing, hab ich die ganze Zeit auf
die Herbstferien gewartet. Jetzt sind sie plötzlich da
und wir fahren ein letztes Mal mit unserer alten
Klapperkiste an die Ostsee. Wir schwitzen nicht wie
im Sommer. Aber dafür stehen wir im Stau.
„Oh Mann, wir sind im Funkloch!", beschwert sich
Kiara. Sie hat seit ein paar Tagen ein Smartphone
und schreibt seitdem ununterbrochen mit Greta.
Manchmal schreibt sie auch Lena und Lisa, aber ich
glaube, sie kommt auch ohne die beiden klar.
„Was schreibt ihr denn die ganze Zeit?", fragt Mama
vom Beifahrersitz aus.
„Wir planen den nächsten Machmitwoch", sagt Kiara.
„Greta hat echt super Ideen! Wahrscheinlich organi-

sieren wir als Nächstes einen Flohmarkt, damit nicht alle ständig neue Sachen kaufen."

„Toll!", sagt Mama und zwinkert mir aus dem Augenwinkel zu. „Das ist echt eine gute Idee!"

„Aber jetzt sind doch erst mal Ferien." Papa fährt an, und tritt gleich wieder auf die Bremse. Er seufzt. „Wieso müssen eigentlich alle gleichzeitig Ferien haben?"

„Und warum müssen alle an die Ostsee fahren?", fragt Mama.

„Man müsste ein Auto erfinden, das auch fliegen kann", sage ich.

„Das verbraucht viel zu viel Energie", wendet Kiara ein. „Du weißt doch: Kurzstreckenflüge nur für Insekten."

„Es könnte ja mit Solarenergie betrieben werden", überlege ich.

„Und wenn es regnet? Kann man nicht fliegen?", entgegnet Kiara.

Mama lacht. „Zumindest müsste man dann nicht schwitzen UND im Stau stehen."

„Also ich finde, man kann auch gut am Wannsee Urlaub machen", sage ich.

„Genau", meint Kiara und legt ihr Smartphone weg.

Papa bremst.

Mama dreht sich überrascht um. „Ach, das sind ja ganz neue Töne."

Papa schaltet vom ersten in den zweiten Gang. „Wie gut, dass wir bald kein Auto mehr haben. Damit kommt man eh nicht vorwärts." Stotternd fährt der Wagen an. Und säuft dann ab.

Wir hatten eine schöne Woche an der Ostsee, aber ich hab mich auch total gefreut, wieder nach Hause zu kommen. Und Kiara auch, sie hat sich sofort mit Greta getroffen. Hannes und Ömer haben schon richtig grüne Daumen, weil sie Gartenspezialisten geworden sind. Sie verbringen mittlerweile mehr Zeit mit Komischke als ich. Kiara hat wieder eine neue Zahnspange, mit der sie viel weniger lispelt als vorher. Das Gute ist: Ihr ist es total egal. Frau Leise ist entspannter denn je, seit die Klospülungen dank der

Wassersparer noch leiser sind. Vielleicht auch, weil sie in den Ferien irgendwo in der Sonne war, sie sieht so braun gebrannt aus. Ich vermute mal, sie hatte das Flugticket schon vor unserer Projektwoche gebucht.

Bela trägt jetzt jeden Mittwoch sein Dinokostüm und sein Vater bringt ihn morgens nicht mehr mit dem SUV zur Schule, sondern beide fahren mit dem Rad, was allerdings mit dem Dinokostüm etwas umständlich ist, meint Bela.

Kiara und ich machen jetzt abwechselnd Witze. Mama und Papa sagen, wir sind mittlerweile gleich gut. Immer, wenn ich in der Schule aufs Klo gehe, muss ich an Kiaras Rettung denken. Und daran, dass in Kiribati viele Menschen gar kein Klo haben. Mittlerweile ist uns klar geworden, dass wir Kiribati wahrscheinlich nicht mehr retten können, aber wir können dazu beitragen, dass nicht noch mehr Inseln untergehen und Menschen ihr Zuhause verlieren. Denn nicht jeder Mensch bekommt, wenn er umzieht, so ein schönes neues Zuhause wie wir.

Dank

Ich danke Markus dafür, dass diese Geschichte entstanden ist, Malin dafür, dass sie Hand und Fuß bekommen hat, Susanne für das gemeinsame Brainstorming und die geniale Umsetzung in Bilder, meinen Söhnen Julius und Jonah für die vielen Inspirationen und Ideen, den Pinguinen und den Fröschen der Carl-Humann-Grundschule für ihr Feedback, Gesa für die Sanitärberatung, Tom für den naturwissenschaftlichen Check und Alex für seine Liebe und Unterstützung auf ganzer Linie.

© privat

Susanne Weber, geb. 1977 in Oldenburg, studierte Germanistik und Romanistik und arbeitete einige Jahre als Verlagslektorin, bevor sie begann, selbst Kinderbücher zu schreiben. Mit ihrem Pappbilderbuch „Die Eule mit der Beule" hatte sie gleich einen Riesenerfolg. Susanne Weber lebt mit ihrem Mann und ihren beiden Söhnen in Berlin.

Susanne Göhlich wurde 1972 in Jena geboren und studierte Kunstgeschichte in Leipzig. Heute illustriert sie zahlreiche erzählende Kinderbücher, zeichnet für Magazine und entwirft Plakate. Darüber hinaus schreibt und illustriert sie auch eigene Bilder- und Vorlesebücher. Am liebsten entwirft sie neue Charaktere und taucht in deren Welt ein.

Heike Abidi

HiLFE, EIN SPIEGELBILD!

2.

Wer hat da geniest?

„Komm schnell, wir skypen gerade!", flötet Oma Heidi aus dem Wohnzimmer, als ich die Haustür aufsperre.

Schnell flitze ich die Treppe hoch und pflanze mich neben Oma aufs Sofa. Vom Monitor ihres Laptops strahlen mir Mama und Papa entgegen. Sie sehen eigentlich aus wie immer, nur dass sie ordentlich durchgeschwitzt wirken, staubige Gesichter haben und vor einer Palme stehen.

„Na, mein Großer", sagt Papa, „wie war dein erster Tag im Ferienprogramm?"

Das Ferienprogramm, das ihr mir verheimlicht habt?, würde ich am liebsten antworten, aber ich bin viel zu happy darüber, dass meine Eltern nicht von Löwen aufgefressen wurden.

„Ganz okay", antworte ich. Dass Anna außer „Hi" kaum was zu mir gesagt hat, erwähne ich nicht, und schon gar nicht, dass dieser Blödmann Oskar immer alles bestimmen will.

Stattdessen erzähle ich von den Solarbooten, und Mama macht ihr „Ich hatte recht, es gefällt ihm also doch"-Gesicht.

Okay, stimmt schon – das Vormittagsprogramm hat mir tatsächlich Spaß gemacht. Aber dann …

„Und wie ging's am Nachmittag weiter?", fragt Mama.

„Wir konnten wählen: Reiten oder Hip-Hop", sage ich und versuche, mir nicht anmerken zu lassen, wie wenig begeistert ich davon war.

„Ernsthaft? Ist das nicht eher was für Mädchen?"

Papa mal wieder. Der hat ja überhaupt keine Ahnung. Schließlich sind Cowboys doch auch Männer, und Oskar hat sogar ein eigenes Pferd – das hat er jedenfalls so ungefähr fünftausend Mal erwähnt.

Weil ich Pferden und Oskar lieber aus dem Weg gehe, habe ich mich natürlich für Hip-Hop entschieden, wie – außer Oskar – alle anderen Jungs aus der Gruppe. Auch unser Tanztrainer war ein Mann – er heißt Cem und hat sogar an den deutschen Hip-Hop-Meisterschaften teilgenommen!

„Hip-Hop ist cool", erkläre ich, und das ist nicht einmal geschwindelt. Die Moves, die Cem uns vorgetanzt hat, waren wirklich ziemlich krass. Leider bin ich bei den Schrittfolgen immer durcheinandergekommen. Anton und Niclas dagegen waren schon richtig gut und wurden ständig gelobt.

„Du wirst das auch eines Tages schaffen", hat Cem am Ende versucht, mich aufzumuntern. Aber ich glaube, Tanzen ist einfach nicht mein Ding. Eigentlich bin ich immer nur gut in dem, was mir Spaß macht. Zum Beispiel Jonglieren oder Backen. Aber auf keinen Fall Hip-Hop!

„Klasse, das freut mich!", sagt Papa. Er und Mama glauben tatsächlich, ich hätte einen perfekten Tag gehabt. Und vielleicht ist das auch besser so, sonst machen sie sich bloß Sorgen.

„Erzählt doch mal von eurer Reise", meldet sich Oma zu Wort.

„Die war lang und anstrengend, aber auch wunderschön", sagt Mama. „Stellt euch vor, wir haben Elefanten gesehen. Und Giraffen!"

Ich finde, sie klingt erstaunlich begeistert dafür, dass diese Tiere noch viel, viel größer sind als Pferde.

Nach dem Abendessen schaltet Oma den Fernseher ein, um eine Liebesschnulze zu sehen (igitt!). Ich will lieber noch ein bisschen lesen und gehe in mein Zimmer. Als ich die Tür schließe, entdecke ich ihn: den Spiegel an der Wand neben dem Kleiderschrank. Er ist oval, hat einen hellblauen Rahmen und rechts unten einen kleinen Sprung. Hing der die ganze Zeit schon da? Mir ist er jedenfalls nicht aufgefallen.

Ich bin nicht so verrückt nach Spiegeln. Ist ja nicht so, dass ich stundenlang prüfe, ob mein Po in der neuen Jeans auch hübsch aussieht (wie Roccos Schwester), oder mich gründlich vorm Spiegel rasiere (wie Papa) oder mir die Haare style (wie die Leute in der Werbung).

Aber da er schon mal hier hängt, kann ich ihn auch ebenso gut benutzen. Zum Beispiel um Grimassen zu schneiden!

Ich habe neulich im Radio gehört, dass man vom Lachen automatisch gute Laune bekommt. Ganz egal, ob einen jemand anders zum Lachen bringt oder man einfach vor sich hin kichert – angeblich funktioniert es immer.

Das wollte ich längst mal ausprobieren. Also los geht's mit dem Lachexperiment: Ich blähe die Nasenflügel, schiele gleichzeitig und verziehe dabei den Mund. Das Ergebnis sieht ziemlich dämlich aus.

Lachen muss ich trotzdem nicht. Im Gegenteil. Ich bin ganz schön frustriert. Weil Mama und Papa so weit weg sind. Und Rocco ebenfalls.

Außerdem bin ich ein bisschen geknickt, weil Anna mich fast wie Luft behandelt und Kilian mir beim Essen keinen Platz freigehalten hat.

Aber am meisten ärgere ich mich über mich selbst. Warum ist es für andere Kinder bloß so leicht, neue Freundschaften zu schließen? Und warum fällt es mir so schwer?

Wenn mir das alles wenigstens egal wäre. Aber das ist es nicht. Ich wäre auch gern so beliebt wie Anna und so sportlich wie die anderen.

Wütend strecke ich mir selbst die Zunge raus. So weit ich nur kann. Rocco kann mit seiner Zunge übrigens seine Nasenspitze berühren. Mir gelingt das nicht. Trotzdem sieht es ziemlich witzig aus, und diesmal muss ich immerhin grinsen.

Jetzt reiße ich Augen und Mund weit auf und rümpfe dabei die Nase. Voll schräg.

So langsam macht es richtig Spaß, dieses Grimassenschneiden. In meinem Bauch macht sich ein Gefühl breit, als hätte ich einen Ameisenhaufen verschluckt. Es steigt immer höher, bis ich auf einmal lospruste. Ich ziehe jetzt die verrücktesten Gesichter und kann mich gar nicht mehr beruhigen – irgendwann laufen mir vor lauter Lachen sogar Tränen übers Gesicht!

Plötzlich höre ich ein seltsames Geräusch.

Klingt fast wie ein Niesen!

Ich öffne die Tür und sehe nach, ob Oma draußen steht. Aber nein, dort ist niemand.

Da – schon wieder niest jemand. Das Geräusch kommt eindeutig aus meinem Zimmer. Seltsam, schließlich bin ich allein hier drinnen.

Beim dritten Mal sehe ich, wer geniest hat: Ich bin es selbst! Genauer gesagt: *mein Spiegelbild*.

Aber wie kann das sein? Ich meine – man *spürt* doch, wenn man niest. Das ist wie ein mittelstarker Orkan in der Nase. In meiner Nase dagegen hat es nicht mal gekitzelt.

Da ist doch was faul!

Wie kann ich im Spiegel etwas anderes machen als in Wirklichkeit? Ist er etwa verhext?

Ich zwicke mich selbst in den Arm, um zu checken, ob ich vielleicht träume. *Autsch!* Eindeutig – ich bin hellwach.

Jetzt muss ich der Sache auf den Grund gehen. Deshalb versuche ich, mich kein bisschen zu bewegen und nicht einmal zu blinzeln, während ich mich im Spiegel anstarre.

War das eben etwa ein Zucken um die Mundwinkel? Aber ich habe überhaupt nicht gezuckt – oder etwa doch?

Okay, das mit dem Nichtbewegen ist komplizierter, als ich dachte. Versuchen wir es andersherum: Zum Test fange ich an zu blinzeln. Mein Spiegelbild blinzelt ebenfalls.

Aber als ich dann die Augen etwas länger schließe und sie urplötzlich wieder öffne, ist es eindeutig: Der Silas im Spiegel ist mindestens eine Viertelsekunde später dran!

„Das ist doch Zauberei!", rufe ich aus.

„Nein", erwidert mein Gegenüber und seufzt. „Du hast mich ertappt. Ich bin dein Spiegelbill."

„Mein Spiegelbild?", frage ich fassungslos.

Entweder bin ich verrückt geworden oder wirklich
hinter ein Riesengeheimnis gekommen!

Der Silas im Spiegel versucht nun gar nicht
mehr, meine Bewegungen nachzuahmen, sondern
schüttelt den Kopf: „Nein, mehr als das: dein
Spiegelbill."

„Spiegelbill – Spiegelbild: Wo ist der Unterschied?"

Der Spiegelbill seufzt. „Mensch, Silas, du bist ja
neugierig. Aber okay, ich erklär's dir: Bilder sind
nicht lebendig. Und sie können sich nicht bewegen.
Keine Ahnung, warum ihr Menschen uns *Spiegelbild*

nennt – da muss einer was an den Ohren gehabt haben, irgendwann vor Jahrhunderten, als der Erste von euch seinen Spiegelbill traf."

„Es gibt also noch mehr von euch?", staune ich.

„Jeder Mensch hat einen Spiegelbill", erklärt er. „Immer, wenn du dich irgendwo spiegelst, siehst du nicht dich, sondern mich.

„Okay, Bill, das bedeutet also …"

„Haha, ich heiße doch nicht Bill – ich BIN ein Bill. Bill wie *Begleiter in allen Lebenslagen*. Der coolste Job der Welt! Mein Name ist übrigens auch ziemlich cool: Ich heiße nämlich Salis."

Diesmal stehe ich nicht auf dem Schlauch. „So wie Silas – nur gespiegelt?"

„Du hast es erfasst."

Von wegen erfasst. Die Gedanken schwirren durch meinen Kopf, dass mir geradezu schwindelig davon wird.

Ich habe also einen Spiegelbill, der Salis heißt und sich *Begleiter in allen Lebenslagen* nennt. Aber was in aller Welt ist sein Job? Sehr viel hat er ja sicher nicht zu tun, denn bisher habe ich noch nichts von ihm bemerkt.

„Hast du denn kein eigenes Leben? Ahmst du immer nur nach, was ich mache?", platze ich heraus.

Salis, der Spiegelbill, seufzt. Für meinen Geschmack ein bisschen zu theatralisch. „Leider", sagt er. „Glaub mir – das ist ganz schön langweilig. Du könntest mir ruhig ein bisschen mehr Spannung bieten."

Wie bitte? Der tickt ja wohl nicht richtig! „Mein Leben ist ganz schön kompliziert!", widerspreche ich empört. Was bildet sich dieser Salis überhaupt ein? Der hat ja keine Ahnung.

„Kompliziert? Dass ich nicht lache", erwidert mein Spiegelbill amüsiert. „Du hast es doch gut! Kannst immer tun, was du willst, und musst nicht arbeiten."

Guter Witz. Und was ist mit der Schule? Allein schon die Aufregung, wenn ich vor der ganzen Klasse etwas sagen muss. Oder gar ein Referat halten! Und jetzt das Ferienprogramm. Wenn das nicht anstrengend ist! Und dass ich so lang von meinen Eltern getrennt bin …

„Ich habe Wichtigeres zu tun, als dich zu unterhalten", reibe ich Salis unter die Nase.

„Na ja", gibt er zu, „kann schon sein. Aber ein bisschen könntest du auch an mich denken. Mein Spiegelbill-Dasein wäre wirklich viel interessanter, wenn du nicht so ein Langweiler wärst."

„Ein Langweiler?"

„Sorry, das hab ich vielleicht falsch ausgedrückt. Ich meine eher: Wenn du nicht so zaghaft wärst ..."

„Du meinst: Ich bin ein ängstlicher Langweiler?" Meine Stimme zittert jetzt, so sehr ärgere ich mich.

„Das hab ich nicht gesagt!", verteidigt sich Salis. „Es ist nur so, dass du vielleicht ein bisschen zu ... schüchtern bist. Und dadurch eine Menge Spaß verpasst. Am liebsten würde ich dir auf die Sprünge helfen, aber ich darf ja leider nur das tun, was du vormachst."

„Pah! Das können wir leicht ändern", entfährt es mir. „Willst du tauschen?"

„Jederzeit!", erwidert Salis. „Wollen wir?"

Ich erschrecke. Dass mein Spiegelbill mich sofort beim Wort nimmt, hätte ich nicht gedacht.

„Aber ... geht das denn überhaupt?", versuche ich, mich herauszureden.

„Es wird nicht oft praktiziert, aber ja: Es geht. Soweit ich weiß, fand der letzte Tausch vor fünfhundertdreiundsiebzig Jahren, zweihundertfünfzehn Tagen, elf Stunden und vier Minuten statt. Und dabei gab es keinerlei Probleme."

„Probleme? Was könnten denn für Probleme auftreten?" Jetzt mache ich mir wirklich Sorgen.

Salis stemmt seine Hände in die Seiten und legt seinen Kopf schief. „Eben *keine*, das hab ich doch gesagt."

Okay, stimmt. Hat er.

„Aber es hätten welche auftreten können!", beharre ich.

„Du könntest dir auch beim Nasebohren den Finger brechen", gibt er mit funkelnden Augen zurück. Dieser Salis weiß aber auch auf *alles* eine Antwort!

„Das ist ein blöder Vergleich", finde ich.

„Ist er nicht. Aber lass nur, ich habe verstanden. Du willst einen Rückzieher machen. Schon okay. Es hätte mich auch gewundert, wenn du mutig genug dafür wärst, einen Tag lang mit mir zu tauschen."

Einen Tag nur? Das klingt ja gar nicht so schlimm. Was soll schon passieren? Und überhaupt: Ich bin schließlich kein Langweiler, und ein Feigling genauso wenig. Höchstens ein bisschen.

„Einverstanden", sage ich kurz entschlossen, „ziehen wir's durch."

Ich hoffe sehr, dass sich das mutiger anhört, als ich mich fühle!

Patchworkfamilie rückwärts

Anna Pfeffer

Nia und Luke sind seit dem Kindergarten beste Freunde, und jetzt ziehen sie sogar zusammen!
Nias Vater und Lukes Mutter haben sich nämlich ineinander verliebt. Total cool! Aber irgendwie ist alles anders, wenn der beste Freund zum Bruder wird und plötzlich alles bestimmen will. Und als dann auch noch Nias Hamster Einstein zwischen die Fronten gerät, steht das neue Familienleben endgültig kopf.

ANNA PFEFFER
Als uns Einstein vom Himmel fiel
ISBN 978-3-7478-0006-5

www.hummelburg.de

HUMMEL BURG